Schießen Sie doch vorbei!

Harald Rabe

WAGNER VERLAG®
www.wagner-verlag.de

Ein Buch aus dem WAGNER VERLAG

Lektorat: barbara.henneke@mnet-online.de
Umschlaggestaltung: info@boehm-design.de
Titelfoto: Mathias Fritzsche

1. Auflage

ISBN: 978-3-86683-648-8

Bibliografische Information der Deutschen Bibliothek
Die Deutsche Bibliothek verzeichnet diese Publikation in der Deutschen Nationalbibliografie; detaillierte bibliografische Daten sind im Internet über http://dnb.ddb.de abrufbar.

Druck: DIP …*angenehm anders,* Stockumer Str. 28, 58453 Witten

Vorwort

Dies ist der Versuch, eines der unrühmlichsten Kapitel der untergegangenen DDR anhand meines Erlebens zu erzählen. Es beinhaltet die Zeit meiner politischen Inhaftierung, Untersuchungshaft und Strafvollzug. Es wird die Zeit kommen, in der es keine lebenden Zeitzeugen mehr geben wird. Wer kann dann noch sagen, wie es wirklich gewesen ist?

Etliche meiner Zeitgenossen forderten mich auf, der Nachwelt solch einen authentischen Bericht nicht vorzuenthalten. Nun habe ich mich entschlossen, die Dinge beim Namen zu nennen und aus dem Schatten herauszutreten.

Ich widme dieses Buch meiner verstorbenen Frau Christine, meiner zweiten Frau Sarina, meinen Söhnen Tobias, Ulli und Volker und all jenen, die mich in dieser leidvollen Zeit gedanklich begleitet haben.

Der Wecker klingelte 5 Uhr 30 zur üblichen Zeit, es war der 5.11.1986. Ich stand auf und rüstete mich für einen neuen Arbeitstag. Gegen 6 Uhr 10 fuhr ich sonst das Auto aus der Garage, um dann in die Firma zu fahren. Unterwegs stieg mehrfach in der Woche mein Kollege Günter zu, der von weiter entfernt mit dem Zug kam.

Kurz vor 6 Uhr verlies der Erste unser Haus und damit stand die Haustür offen. Ich war gerade im Begriff, meine Utensilien zusammenzustellen, da klingelte es an der Wohnungstür – wer konnte das um diese Zeit sein?

Mich beschlich ein unheimliches Gefühl, weil durch die Wohnungstür, sie bestand im oberen Teil aus geriffeltem Glas, Schatten von mehreren Personen auszumachen waren. Ich öffnete die Tür und sofort wurde sie aufgedrückt. Mehrere Männer drängten sich herein und forderten mich auf, zur Klärung eines Sachverhalts mitzukommen. Ich sollte mich zügig von meiner Frau verabschieden.

Bis zu dem wartenden Pkw vor unserem Haus war ich von etlichen großen Männern eingekeilt, dann stieß mich einer in den Wagen und herrschte mich an: „Hände unter den Arsch, Sie sind vorläufig festgenommen. Jeder Fluchtversuch wird mit der Waffe beantwortet!"

Der Pkw setzte sich in Bewegung, noch immer glaubte ich im falschen Film zu sein, aber was ich gehört hatte: Sie sind vorläufig festgenommen!, das war soeben Realität gewesen.

Nach ca. 20-minütiger Fahrt fuhren wir in die mir von außen bekannte Einfahrt zum Gefängniskomplex ein.

Wie oft war ich hier daran vorbeigegangen und hatte darüber nachgedacht, wer hier zu Recht oder zu Unrecht einsaß?

Man verbrachte mich in einen nüchternen Raum, der durch eine Art von Tresen getrennt war. Auf der einen Seite stand nun ich als vorläufig Festgenommener und wurde von den Vollzugsbeamten auf der anderen Seite des Tresens in barschem Ton aufgefordert, mich bis auf die Haut auszuziehen und alles in den Taschen Befindliche auf den Tresen zu legen.

Wenn ich bis dahin gedacht hatte, es könne sich um einen Irrtum in meiner Sache handeln, so musste ich spätestens hier erkennen, dass ich in der Realität angekommen war.

Weil ich nicht geneigt war, mich vor neugierigen Augen zu entblößen, wurde ich nochmals dringlichst aufgefordert, dem Befehl nachzukommen. Nachdem dies geschehen war, musste ich vortreten und meinen Mund öffnen, damit man hineinschauen konnte, ob ich darinnen, auch unter der Zunge etwas versteckt haben könne. Anschließend trat einer von den Typen an mich heran und meinte barsch „bücken", danach zog er meine Pobacken auseinander, um sich dort ebenfalls zu vergewissern, auch an dieser Stelle sei nichts versteckt!

Wo war ich nur hingeraten, was hatte ich verbrochen, dass man mit mir so verfahren konnte?

Nun bekam ich die „reguläre" Gefängnisbekleidung ausgehändigt und konnte meine Blöße wieder bedecken, aber zu welchem Preis!

Was ich auf den Tresen gelegt hatte, wurde aufgelistet und weggepackt. Wann würde ich das wieder in die Hand bekommen? Noch immer hoffte ich, es müsse sich doch alles aufklären lassen!

Nach einer kurzen Wartezeit holte mich eine Person mit einem mächtigen Schlüsselbund ab, dieser hatte ich nachzulaufen. Kommando: „Gesicht nach unten auf den Boden richten!" Es begann kein Spaziergang. Durch eine große Tür gelangten wir in das eigentliche Gefängnis, das ich bisher nur aus Filmen kannte. Ich erschauderte und kam mir vollkommen verlassen vor, bei jedem Schritt dachte ich, was wird man jetzt mit dir anstellen? Da ich den hastigen Schritten meines „Läufers", so nenne ich in Zukunft diese ekelhafte Person, nicht folgte, rief er: „Kommse, kommse!"

Über verschiedene Metallgittertreppen gelangten wir in einen Zellentrakt. Vor einer dieser Zellen blieb der Läufer stehen, öffnete sie und stieß mich hinein.

Jetzt war ich das erste Mal allein, dachte ich wenigstens.

Eine Uhr besaß ich nicht mehr, diese hatte man mir abgenommen. So konnte ich nur vermuten, wie spät es nun sein müsste. Zu einer Beurteilung meiner Situation hatte ich keine Gelegenheit, weil bereits der Läufer wieder die Zellentür aufschloss. „Hände auf den Rücken, nachfolgen!", so hieß die Parole. Des Weiteren „Gesicht auf den Boden" und „Kommse, kommse!"

Über Treppen und Korridore musste ich nachfolgen. Dann traten wir in ein anderes Gebäude ein. Hier wurde irgendwo eine Tür geöffnet und gab den Blick in ein Bürozimmer frei.

Dort wartete ein Mann in Zivil auf mich, der mir zu verstehen gab, wo in Zukunft mein Platz sei, wo ich zu sitzen hätte.

Quer durch den Raum stand im ersten Drittel des Zimmers ein großer Schreibtisch. Hinter dem Schreibtisch, also im ersten Drittel, musste ich von jetzt an sitzen.

Der Mann in Zivil stellte sich als mein zukünftiger Vernehmer vor und wollte in Zukunft mit Herr Hauptmann angesprochen werden.

DEN TATSÄCHLICHEN NAMEN HABE ICH BIS AUF DEN HEUTIGEN TAG NICHT ERFAHREN!

Bis zu diesem Moment hatte ich noch keine Gelegenheit gefunden, zu realisieren, was denn nun passiert war. Mit der der Stasi eigenen „Präzision" setzte man auf Überrumpelung und verfuhr mit mir nach dem bekannten Schema. In heuchlerischer Absicht fragte mich der Hauptmann, ob ich schon gefrühstückt hätte?

Weil ich verneinte, ließ er für mich ein Frühstück kommen.

Bis in die tiefsten Tiefen meines Innersten war ich getroffen und verunsichert. Was wollte oder sollte ich als Unschuldiger hier, was hatte man vor mit mir? War vielleicht doch alles nur ein Versehen? Immer wieder glaubte ich, es würde sich bald herausstellen, dass man mich irrtümlicherweise eingesperrt hatte! Schon jetzt, es waren erst wenige Stunden seit meiner Inhaftierung vergangen, hatte ich den unbedingten Wunsch, hier wieder wegzukommen. In meinem Kopf ging es zu wie in einem Bienenhaus. Ein Gedanke jagte den anderen.

Nachdem ich wenige Bissen vom Frühstück in mich reingezwungen und etwas Kaffee getrunken hatte, begann der Hauptmann mit einer Art von menschenunwürdiger Verhörstrategie, die mich über Monate hinweg bis in den Schlaf hinein verfolgte!

Der Hauptmann stellte fest, dass man mich zu Recht in die Untersuchungshaftanstalt verbracht hatte. Währenddessen zermarterte ich mir den Kopf darüber, was denn die Ursache für meine Inhaftierung war. In meinem Kopf liefen mehrere Filme gleichzeitig ab und in einem sah ich meine Mutter, die zu mir sagte: „Junge, wenn du deinen Mund nicht halten kannst über die Ungerechtigkeiten der Kommunisten, dann landest du eines Tages im Gefängnis!"

Ein anderer Film spielte in meinem Arbeitsmilieu. Hier hatte ich Umgang mit vielen Schichten der Bevölkerung. Ich wagte auch in diesem Bereich, in dem ich glaubte, die Leute wären verlässlich, manche Anspielungen auf die Unzulänglichkeiten und Bevormundungen unseres kommunistischen Staatsapparates. Ein anderer Schauplatz waren die familiären, verwandtschaftlichen und freundschaftlichen Treffen und Verbindungen. Natürlich wurde aus gegebenen Anlässen oft eine Diskussionsrunde eröffnet, da hielt ich mit meiner Meinung nicht hinter dem Berg. Ich stand dazu, dass es eine Unverschämtheit war, mündigen Bürgern vorzuschreiben, welche Reiseziele sie für sich auswählen durften. Ich stand dazu, dass die sogenannten Wahlen in der DDR nur eine Farce waren. Ich stand dazu, dass es kein wirkliches Recht auf Meinungsfreiheit und kein wirkliches Recht auf Religionsfreiheit gab.

Ich stand auch dazu, dass das sowjetische Besatzungsregime lange genug gedauert hatte und Deutschland wieder eine geeinte Nation werden müsse! Ich stand fernerhin dazu, dass die innerdeutsche Grenze und die „Mauer" in Berlin ein Verbrechen am deutschen Volk war.

Ich war dagegen, dass Menschen, die nicht mehr in der DDR leben wollten oder konnten, bei einem Fluchtversuch über die innerdeutsche Grenze bzw. Mauer erschossen werden sollten! Die wenigsten Personen davon waren unlautere Menschen! Und auch dagegen sprach ich mich aus, dass Menschen aus Gewissensgründen ins Gefängnis „wanderten"!

Ab sofort gehörte ich zu den zuletzt Genannten!

Der Hauptmann verlas mir nun ein Zeugenprotokoll eines Angehörigen der NVA, der speziell bei der Grenztruppe in Eisenach stationiert war. Darin wurde ich bezichtigt, in herabwürdigender Weise die Schutzorgane der DDR verunglimpft zu haben.

Ich kannte mich selbst nicht wieder, all die Ereignisse der letzten Stunden, die Überrumpelungsstrategie, die Anschuldigungen, die Aussicht, diesem Hauptmann ausgeliefert zu sein, hatten mich demoralisiert und mich zu einem „Häufchen Unglück" werden lassen.

Mit diesem Wissensstand wurde ich um die Mittagszeit durch den „ekelhaften Menschen" in meine Zelle verbracht. Hier sackte ich erst einmal körperlich und seelisch zusammen. Wenn ich geglaubt hatte, hier allein zu sein, falsch gedacht. Im oberen Drittel der massiven Zellentür befand sich ein schmaler Sehschlitz, von außen mit einer Sichtblende versehen und auch nur von da zu entfernen. Erst später habe ich dann festgestellt, dass man im drei- bis fünfminütigen Rhythmus ständig beobachtet wurde.

Nach ca. einer Stunde wurde ich erneut aus der Zelle geholt, dieses Mal von einem anderen ebenso unangenehm wirkenden Menschen. Und wieder die gleiche Prozedur: Gesicht auf den Boden gerichtet, Hände auf den Rücken, im Eilschritt an den Bestimmungsort verbracht, den Verhörraum des Hauptmanns.

Die Taktik des Verhörs bestand darin, dass ständig andere Themen, Anschuldigungen und Mutmaßungen vorgehalten wurden, um mich mit meinen Argumenten in Widersprüche zu verstricken. Tage später wurde ich dann regelmäßig noch mit

Zeugenaussagen konfrontiert, die bei vielen Zeugen auch dort unter Androhung von Repressalien bis hin zum Freiheitsentzug entstanden waren. Dieses Wissen wurde mir natürlich erst viel später, nachdem ich wieder in Freiheit war, von den ehemaligen Zeugen vermittelt.

An diesem ersten Tag war ich etwa gegen 17 Uhr am Ende meiner Leistungsfähigkeit angekommen. Ich wollte nur noch in Ruhe gelassen werden, aber das oblag in Zukunft nicht mehr in meinem Machtbereich.

Nachdem ich in „meine" Zelle verbracht worden war, erlebte ich erst einmal den ganz normalen Wahnsinn. Es war mir nicht möglich, gedanklich irgendeine Situation zu recherchieren, weil sich gleichzeitig mehrere Umstände in meinem Hirn zu Wort meldeten. Außerdem war ich vom ersten Verhör total verunsichert! Zum ersten Mal dachte ich jetzt an zu Hause. Es war, als würde der Boden unter meinen Füßen nachgeben, wenn ich mir vorstellte, wie vielleicht mit den Meinen ebenfalls umgegangen worden war. Das beste Beispiel hatte man eben an mir exerziert. Christine, die Jungs, meine Eltern, die Freunde im Haus. Hatte man meine Arbeitskollegen bedrängt? Was konnte ich noch unternehmen, damit dieser Irrsinn ein baldiges Ende hätte?

Allein in dieser Zelle, mit keinem Menschen reden können, alle Ängste schienen sich zu potenzieren. Ich kam mir vor wie am Sandstrand, wenn man eingebuddelt worden war und die Last des Sandes sich beklemmend auf einen legte! Zwischen Weinen und ohnmächtigem Stöhnen versuchte ich stets aufs Neue, klare Gedanken zu fassen, aber vergeblich.

Plötzlich ging die Klappe auf, die in der Mitte, oberes Drittel der Zellentür, angebracht war, und die Gefängniskost wurde hereingereicht. Abgesehen davon, dass man sich erst einmal an den Zustand dieses Essens gewöhnen musste, hatte ich keinen Hunger. Die „Schließer", die das „Essen" verabreichten, beobachteten genau, ob man am essen war.

Zukünftig musste ich mich darauf einstellen, dass das Hereinschauen der Wachmannschaften durch besagten Sehschlitz zu einem unverzichtbaren Ritual für sie wurde.

Weil man als unbescholtener Bürger keine Ahnung von all den Abläufen in Justiz und Strafvollzug hatte, wunderte ich mich auch nicht, dass ich nicht auf einen Rechtsanwalt hingewiesen wurde. Einen Rechtsanwalt sah ich dann zum ersten Mal nach ca. vier Wochen!

Weil ich nichts gegessen hatte, machte man mich in bissigem Ton darauf aufmerksam, wenn man nichts essen würde, so zöge das Strafe nach sich. Also zwang ich wiederum etwas Essbares in mich hinein.

Bald schon hatte ich begriffen, hier konnte man nur über die persönliche Notdurft selbst entscheiden, alles andere wurde vorgegeben! Nun saß ich auf einem grob gezimmerten Holzschemel und starrte vor mich hin. Auf die Pritsche durfte man sich nur nach Ausrufung der Bettruhe legen.

Immer wieder kreisten meine Gedanken um meine Familie: Wie würden sie selbst mit dieser Situation umgehen können? Wie kam meine Mutter damit zurecht, ohne Schaden an ihrer Gesundheit zu nehmen?

Aber welcher Umstand war der Auslöser dafür, dass ich nun hier einsitzen musste?

Ich erinnerte mich auf einmal, wie in letzter Zeit morgens, wenn ich zur Arbeit fuhr, an verschiedenen Tagen vor der Hofausfahrt ein Pkw gestanden hatte, dessen Scheiben innen angelaufen waren, ich erinnerte mich jetzt ganz deutlich. Hatte man mich dort bereits observiert? Ob der Zusammenhang, den ich versuchte herzustellen, stimmte?

Der Angehörige der Grenztruppen, von dem man mir eine Zeugenaussage vorgelesen hatte, dieser Soldat musste der Auslöser meiner Inhaftierung sein, dessen war ich mir nun bewusst!

Zum besseren Verständnis sei hier gesagt: Das Aufkommen an Taxifahrzeugen war zu Stoßzeiten (Wochenenden, Urlaubszeiten, Berufsverkehr) in größeren Städten nie ausreichend. Es gab lange Wartezeiten. Dies machten sich verschiedene Besitzer von größeren Pkws zunutze und boten fahrwilligen Personen ihre Dienste an. Ich gehörte auch zu diesem Kreis von „Schwarztaxifahrern".

Von einer Gaststätte wurde ich von Zeit zu Zeit mit solchen Fahrten betraut. Durch diese Möglichkeit konnte ich unser Haushaltsbudget etwas aufbessern, weil die Lebenshaltungskosten sich ständig verteuerten.

Der Grenzsoldat hatte also bei mir im Wagen gesessen und aufgrund seines Alkoholkonsums war seine Zunge gelöst. Ich konnte mich gut daran erinnern, denn er schimpfte auf das Verkehrswesen wegen fehlender Taxen. Für mich war es eine gute Gelegenheit, ihn zu bitten, bei eventuellen Grenzdurchbrüchen **nicht auf flüchtige Menschen zu schießen!**

Als der Soldat mein Auto verlassen hatte, beschlich mich ein ungutes Gefühl. Meine Aufforderung an ihn war nicht auf Gegenliebe getroffen. Gegen 3 Uhr ging ich ins Bett und erzählte meiner Frau davon, auch von dem unguten Gefühl.

Viele Male, wenn ich mit meiner Familie an diesem Gefängnis vorbeilief, habe ich stets darauf verwiesen, dass hier auch Unschuldige einsitzen, Personen, die nur das „Recht der Meinungsäußerung" ausgeübt hatten. Nun saß ich selbst hinter dicken Mauern mit vergitterten, kleinen Fenstern.

Irgendwann, schätzungsweise 21 Uhr 30, kam vom Gang draußen das Kommando „Könn' sich waschen!" In der Zelle gab es ein Waschbecken und immerhin ein WC, beides befand sich unmittelbar neben der Zellentür. An der entgegengesetzten Seite der Zelle standen zwei grobe Holzhocker und ein stabiler grauer Tisch. Vor der „Sitzgruppe" befand sich auf der rechten und linken Wandseite je eine Holzpritsche und über den Holzpritschen ein kleiner, grauer Hängeschrank für die persönlichen Dinge. Die meisten Zellen waren ca. 5 Meter lang und 2,50 Meter breit. Ein Fenster zum Öffnen gab es nicht. Es gab nur einen minimalen Schlitz, über den der Luftaustausch erfolgen sollte. Alles andere am Fenster war mit Glashohlblockbausteinen zugesetzt!

Über eines war ich dann doch froh, ich hoffte, mich in den Schlaf weinen zu können, und keiner merkte es!

Nach einer Weile wurde das kalte Licht der Leuchtstofffröhren abgeschaltet und es sollte geschlafen werden.

Anordnung: Die Hände ausgestreckt auf die Bettdecke legen, damit sie von außen durch den Sehschlitz jederzeit einsehbar waren, vonwegen Selbstmordgefahr.

Damit wir, die Häftlinge, immer gut zu sehen waren, wurde von den Wärtern alle paar Minuten eine Leuchtstofffröhre eingeschaltet. Dieser menschenfeindliche Akt begleitete mich in Zukunft Nacht für Nacht.

Wie wollte ich nun in dieser ersten Nacht RUHE finden? Alle sonstigen Abläufe und Mechanismen versagten oder hatten bis jetzt versagt.

Immer wieder kreisten meine Gedanken um meine Lieben zu Hause, wann ich hier wieder herauskäme, wie ich meine Unschuld beweisen wollte, wie ich zu geordneten Denkabläufen käme? An Gott hatte ich bisher nicht denken können, da hatte dieser menschenfeindliche Machtapparat zu sehr von meinen Gedanken Besitz ergriffen. Ich musste erkennen, ich war meinen Peinigern total ausgeliefert.

Aber so ganz langsam, aus dem gedanklichen Hintergrund schob sich wie auf eine Leinwand projiziert ein Liedvers und der lautete so:

Weiß ich den Weg auch nicht, DU weißt ihn wohl, das macht die Seele still und friedevoll. Ist doch umsonst, dass ich mich sorgend müh, dass ängstlich schlägt mein Herz, sei's spät, sei's früh.

Einige Jahre nachdem ich wieder in Freiheit leben konnte wurde mir erst die Bedeutung dieses Liedes so richtig bewusst.

In einem Liederbuch meines Vaters aus dem Jahre 1930 fand ich dieses Lied wieder. Die Angaben des Verfassers waren mit einem Klebestreifen nicht lesbar gemacht worden. Mit viel Mühe entfernte ich diesen Streifen, dabei kamen diese Textzeilen zum Vorschein:

Marion v. Kloth, geb. 31. März 1897, sang dieses Lied jeden Abend im Zentralgefängnis ihren Mitgefangenen vor bis zum 22. Mai 1919, dem Tag ihrer ERSCHIEßUNG durch die Bolschewiken und der Befreiung Rigas durch die baltische Landwehr.

In der Zeit des Kommunismus war diese Erklärung verboten, weil die kommunistischen Machthaber nicht zugeben wollten, dass auch während ihrer Machtperioden Regimekritiker an die Wand gestellt worden waren und ermordet wurden. Wir alle sollten glauben, dass nur solche Menschen wie Rosa Luxemburg und Karl Liebknecht unschuldig ermordet worden waren, deshalb dieser Klebestreifen.

Dieses Lied war also schon anderen Menschen in noch schlimmeren Situationen zum Trost geworden.

Irgendwann übermannte mich doch der Schlaf infolge der absoluten Erschöpfung. Aus diesem Schlaf wurde ich durch mehrere heftige Schläge an die Zellentür wieder in diesen Wahnsinn zurückbefördert.

Die Zelle war nun wieder in das komplette Licht der Leuchtstoffröhren getaucht. Jeden Morgen nach dem Einschalten dieses brutalen Lichts wurde mir zukünftig immer wieder bewusst, in welch erbarmungsloser Situation ich mich befand. Viele Male kam ich mir vor, als hätte man mich ausgespien.

Dann kam das Kommando „Waschen“. Einige Zeit darauf rollte jenseits der Zellentür ein Gefährt heran und man rief „Wie viel?“. Bei dieser Aufforderung sollte man seinen Bedarf an Scheiben Brot anmelden, die man zum Frühstück essen wollte.

Nun öffnete sich die „Überlebensklappe“ und das meist total harte Brot, es krachte vielmals, wenn man zubiss, wurde mit Marmelade und einer Scheibe Wurst hereingereicht. Den übel schmeckenden Kaffee bekamen wir in die Tassen eingegossen, dafür musste man die Plastiktasse auf die geöffnete „Überlebensklappe“ stellen. Ein Messer bekam man nur für die Zeit des Bestreichens der Brote, dann wurde es sofort wieder eingesammelt! Wegen bestehender Selbstmordgefahr!

Kaum hatte ich mich überwunden, diese Gefängniskost zu essen, wurde meine Zellentür geöffnet. In diesem Falle war grundsätzlich angezeigt: Hände auf den Rücken und am besten Kopf gesenkt.

Meinen Namen nannte man hier nicht, je nach Belegung der Zelle bekam man eine Nummer von 1 bis 3. Namen nannte man deshalb nicht, damit Häftlinge in den Nachbarzellen nicht hören konnten, wer vielleicht aus dem eigenen Umfeld noch einsaß.

Und schon erwartete mich das nächste Verhör. Der Hauptmann fragte mich, wie ich geschlafen hätte, aber seine Ironie war nicht zu überhören!

Woher die vielseitigsten Informationen stammten, die mir der Hauptmann von nun an vorhielt, das habe ich erst, als ich wieder in Freiheit war, so nach und nach von meiner Familie, von meinen Arbeitskollegen, von Freunden und Bekannten erfahren. Den allerletzten Aufschluss darüber bekam ich beim Lesen meiner STASI-AKTE!

Damit die Zusammenhänge besser verständlich bleiben, füge ich auch Handlungen ein, die mir, wie schon erwähnt, erst viel später bekannt wurden.

Während ich den ersten Tag meiner Inhaftierung im vollen Stress erlebte, erging es meiner Familie nicht besser. Als man mich abgeführt hatte, wurde durch mehrere Stasi-Mitarbeiter eine sofortige Hausdurchsuchung begonnen, die bis in den Nachmittag andauerte. Man nahm einen großen Fundus an Büchern, Fotos, Briefschaften, Tonträgern,

Adressverzeichnissen, Zeitschriften bundesdeutscher Verlage mit zur Auswertung!

Gleichzeitig wurden mehrere meiner Kollegen in Büros der Stasi verbracht, um dort von ihnen Geständnisse zu erpressen.

Ebenso erging es Familie Friz, die mit uns im gleichen Haus wohnte.

Herr und Frau Friz waren in ihrer Firma mit verantwortungsvollen Posten betraut, sie waren beide angesehene Mitglieder der SED.

Gegenstand des nun erfolgenden Verhörs war im Wiederholungsfall das Zeugenprotokoll des Grenzsoldaten, dessen wirklicher Name mir inzwischen bekannt ist.

Ich wurde aufgefordert zu erklären, weshalb ich dem Grenzsoldaten zu bedenken gegeben hatte, nicht auf „Republikflüchtige" zu schießen.

Nachdem ich nochmals in aller Deutlichkeit darauf hingewiesen worden war, nichts als die reine Wahrheit zu sagen, andernfalls erhöhe sich das Strafmaß, wurden meine Aussagen mit Tonband aufgezeichnet. Der Hauptmann machte sich nebenher Notizen.

Weil ich mir noch immer keiner Schuld bewusst war, schilderte ich diese Angelegenheit etwa so: Weil der Soldat, während ich ihn nach Hause fuhr, in herabwürdigender Weise von den schlechten Verkehrsverhältnissen in unserer Stadt sprach, glaubte ich, er würde meine Worte an ihn verstehen. Deshalb bat ich ihn, nicht auf „Flüchtige" zu schießen, mindestens nicht zu erschießen! Und weshalb ich so argumentierte? Einfach darum, weil mir meine christliche Weltanschauung für solche Handlungen, andere Menschen zu töten, keinen Spielraum gibt.

Ob ich weitere Personen in dieser Richtung beeinflusst hätte, war die Frage des Hauptmanns. Er nannte sich auch gern „Vernehmer", welch ein „zartfühlendes" Wort!

Mein großes Problem war, wie sollte ich mich verhalten, die Wahrheit sagen oder nur klein beigeben? Ich wusste zu diesem

Zeitpunkt doch nicht, was die Stasi von mir schon in Erfahrung gebracht hatte!

In meinen Stasi-Unterlagen gibt es Berichte, mit Fotos dokumentiert, wie man sich mit erkennungsdienstlichen Methoden, während unsere Familie nicht in der Wohnung war, Zutritt verschafft hat und die Wohnung ohne unseres Wissens inspizierte und mit „Wanzen" versehen hat. Deshalb war den „Herren" auch bekannt, was in unserer Familie gesprochen wurde.

Ich bekannte mich dazu, ab und an unter Kollegen, Freunden, Verwandten, selbstverständlich zuerst in unserer Familie, Kritik geübt zu haben an den verschiedensten Punkten von Staat und Regierung; wenn es sein musste, gelegentlich auch mit Schimpfworten!

Sofort konterte der Hauptmann und hielt mir vor, das sei öffentliche Herabwürdigung der DDR und den damit verbundenen Staatsorganen. Das müsste alles noch im Einzelnen erörtert werden. Nun begann er den Inhalt des Verhörs anhand seiner handschriftlichen Notizen selbst zu interpretieren und tippte dies in die Schreibmaschine.

Dieses Protokoll wurde mir verlesen, danach musste ich es unterschreiben.

Das übliche Prozedere begann, der „Läufer" kam und musste mich zur Mittagszeit wieder in die Zelle verbringen.

Bald schon hörte ich die Schlüssel wieder an der Zellentür rasseln, es erwartete mich das nächste Verhör, aber es ging in eine andere Richtung, nämlich zum Haftrichter.

Hier wurde mir, nachdem man bereits Aussagen von mir erzwungen hatte, offiziell erklärt, dass ich mich zu Recht in Untersuchungshaft befinden und mir der Prozess gemacht würde. Ab sofort wäre ich ein Beschuldigter. Im Anschluss brachte man mich in einen Raum, wo jeder Häftling in die Verbrecherkartei aufgenommen wurde, das heißt, Fotografieren von vorn, rechte Seite und linke Seite. Dann wurden von mir Fingerabdrücke angefertigt und endgültig wurde ich zu verschiedenen persönlichen Verhaltensweisen befragt, was in die Kartei eingetragen wurde. Dies war für mich ein Schock, als Verbrecher wollte ich nicht gelten, aber man hatte mich dazu abgestempelt.

Wenn ich mich auch verbal nicht immer im Zaume halten konnte, so war mir nie der Gedanke gekommen, anderen Menschen ein Leid anzutun. Natürlich bekenne ich mich schuldig, weil mit meiner christlichen Weltanschauung verbale Ausrutscher ebenso verwerflich sind. Doch Christen unterliegen den Schwächen wie jeder andere Mensch auch.

Der zweite Tag neigte sich dem Ende zu und es sollten noch viele Tage folgen!

In der Zelle hoffte ich Ruhe zu finden vor den Menschen, die mir Böses wollten. Aber hier kreisten meine Gedanken um andere Probleme: Was alles war außerhalb passiert, wie erging es meiner Familie, wie kamen meine drei Buben damit zurecht, dass ihr Vater eingesperrt worden war, wie ging meine Frau damit um? Wie sehr litten meine Eltern darunter? All das ganze Elend legte sich wie eine Zentnerlast auf mich und versuchte mich zu erdrücken. Es gab keinen Stillstand in dem „Gedankenkarussell". Die Situation war einfach niederschmetternd und erbärmlich zugleich.

Wie gern hätte ich meinen Kummer „abladen" wollen. Meine gesamte Psyche war derart in Anspruch genommen, dass für rationale Denkprozesse keine Möglichkeit gegeben war. Die Gewissheit, anderen Menschen total ausgeliefert zu sein, die dazu nur mein Verderben im Sinn hatten, war der Gedanke, der mich am meisten an den Rand der Verzweiflung brachte.

Nach dem „Abendessen" begann eine Zeit der gespenstischen Stille. Die Bewacher drehten ihre Runden und blickten mittels der Beobachtungsvorrichtung in die Zellen.

Auf der einen Seite war ich froh, allein in der Zelle zu sein, wusste auch nicht, wie die weiteren Abläufe waren, auf der anderen Seite hätte ich so gern mit jemandem gesprochen.

Wiederum hatte ich Angst, Leute zu treffen, die ausgesprochene Gewalttäter waren. Laut Angaben der DDR gab es keine inhaftierten politischen Gefangenen, es waren alles nur kriminelle Straftäter.

Wie „erlösend" kamen dann die Worte draußen auf dem Gang: „Könn' sich waschen!" Solange wie diese Worte nicht ausgesprochen waren, war es bei Strafe verboten, sich auf die Pritsche zu legen. Nur darauf sitzen war erlaubt.

Als das Licht verloschen war, ich hatte mich auf der Pritsche ausgestreckt, fiel mir der Text des Liedes wieder ein: Weiß ich den Weg auch nicht …

Da ergriff ich zum ersten Mal die Gelegenheit und schrie alle meine Not zu Gott hin. Danach wurde ich eine Zeit lang ruhig.

Das war nun die zweite Nacht. Während ich so dalag, begann es im Mauerwerk zu klopfen. Für den Moment konnte ich mir nicht erklären, was dies zu bedeuten hatte. Die Töne waren unterschiedlich stark und auch die Anzahl der „Schläge". Es klang, als wären „Mauerspechte" am Werk. Irgendwann realisierte ich, dass verschiedene Unterhaltungen, verbotenerweise, im Gange waren. Für ein A klopfte man ein Mal gegen die Wand, für ein B zwei Mal, schließlich für ein Z sechsundzwanzig Mal. Damit wurde das ganze ABC abgedeckt. Hier ahnte ich noch nicht, dass ich mich demnächst auch dieser Kommunikation bedienen würde, um mein Wissen im Gefängnis etwas aufzubessern.

Irgendwann verfiel ich wieder in einen unruhigen Schlaf, ständig wurde das Licht an- und ausgeschaltet, dann erfolgte wieder die Aufforderung, die Hände auf die Bettdecke zu legen, und irgendwo in diesem Trakt wurde eine Zellentür ins Schloss geworfen. Später wusste ich, man hatte wieder eine Person mehr eingesperrt.

Zukünftig begann jeder neue Morgen auf die gleiche hässliche und trostlose Art und Weise: Das große, kalte Licht der

Leuchtstofflampen ging an und die Aufforderung zum Waschen erging. Dann erscholl der Ruf: „Wie viel?“, gemeint war eben die Anzahl der Scheiben Brot. Da war ich bereits satt.

Kurz nach dem Frühstück wurde meine Zellentür geöffnet und ein Wachmann forderte mich auf, ihm zu folgen. Es ging mehrere Treppen nach unten und auf einmal stand ich im Freien, aber alles war mit Gittern und Maschendraht abgesichert. Vor mir öffnete man eine schmale Tür und schob mich in eine sogenannte Freigangzelle. Die Größe betrug etwa 3 mal 7 Meter, die Mauern waren ca. 2,50 Meter hoch und darüber spann sich ein Gitter aus Maschendraht. Wie viele solcher „Boxen“ existierten, konnte ich bis zum Schluss nicht in Erfahrung bringen. Über den „Boxen“ befand sich ein Beobachtungsturm, hier waren Bewacher mit Schusswaffen postiert.

Nie wieder wurde mir die Demütigung meiner Inhaftierung so bewusst wie in diesen „Schweineboxen“. Als ich meine ersten Schritte da drinnen gegangen war, hätte ich mich am liebsten übergeben. Für den Moment empfand ich mein Leben als sinnlos. Das Gefühl tiefer Traurigkeit, innerer Leere und Resignation überkam mich. In all diese Verlassenheit hinein brach sich der Liedvers „Weiß ich den Weg auch nicht, Du weißt ihn wohl ...“ wieder Bahn. Weil ein Gefangener keine Uhr besitzen durfte, konnte man Zeit nur schätzen. Ich nahm an, der Freigang dauerte ca. 15 Minuten. In dieser Zelle gab es kein grünes Hälmchen, nichts, an dem man sich hätte erfreuen können. Erst nach Wochen stellte ich immer mehr fest, dass der ganze Apparat darauf aus war, die hier Inhaftierten psychisch zu quälen.

Nach dem ersten Freigang ging es kurz darauf wieder zum Verhör.

Die folgenden Tage verliefen nun in einem Schema: Morgens musste ich zu mir gestellten Fragen antworten bzw. hielt man mir Aussagen von Kollegen, Freunden, Verwandten vor, die mich belasteten. Am Nachmittag verfasste der Hauptmann dann die Protokolle zum Verhör, die ich dann stets unterschreiben musste.

Mit welch intriganter Art auf diese Weise Freundschaften, verwandtschaftliche Beziehungen und sonstige Verbindungen einer Belastungsprobe unterzogen wurden, kann man mit Worten kaum wiedergeben. So nach und nach wurden gegen mich Aussagen von den genannten Personengruppen getätigt, worüber ich mehr und mehr den Mut verlor und meine Hoffnung, bald wieder nach Hause zu können, dahinschwand. Dass jene Aussagen vielmals unter Androhung von Repressalien entstanden, denen meine Freunde ausgesetzt waren, konnte ich erst nach Wiedererlangung meiner Freiheit nachvollziehen.

Die Fragen an mich beinhalteten unter anderem Themen wie: Wie charakterisieren Sie die Wahlen in der DDR, welche Schimpfworte gebrauchten Sie gegen unsere Staatsmacht und deren Führer, warum fordern Sie Angehörige der NVA zur Befehlsverweigerung auf, warum belästigen Sie bei Familienfeiern die Anwesenden mit Gedankengut zur Wiedervereinigung Deutschlands, weshalb fordern Sie Reisefreiheit und warum behaupten Sie, in der DDR würde es keine Religionsfreiheit geben? Wie viele Male haben Sie bei Zusammenkünften, bei Fahrten mit Ihren Kollegen, in Ihrer kirchlichen Vereinigung derart herabwürdigende Äußerungen getätigt? Welche negativen Aussprüche formulierten Sie über die Bündnisbeziehungen zwischen der DDR und der ruhmreichen Sowjetunion?

Die Beantwortung all jener Fragen verlangte von mir eine derart große Konzentration, wollte ich mich doch nicht in Widersprüche verstricken. Da hatte ich aber die Rechnung ohne den Wirt gemacht, denn es wurde nie vom Hauptmann systematisch vorgegangen nach dem Motto: Schön der Reihe nach. Fast täglich wurden mehrere Themen zum Gegenstand erhoben und wie in einer Waschmaschine durcheinandergewirbelt. Eine Weile behielt ich noch die Übersicht, aber dann kam der Zusammenbruch und nach und nach bezichtigte ich mich selbst der Dinge, die der „Dämon“ Hauptmann von mir hören wollte. Nun begann das Katz-und-Maus-Spiel: Mit meinen Aussagen ging man zu den Personen meines Umfelds und konfrontierte sie damit. Die Folge davon: Aus Angst gab man auch Dinge preis, die mir wiederum zum Nachteil gereichten. Auf diese Weise verschaffte sich die Stasi ein umfassendes Bild über die Inhaftierten und sogleich über vielleicht weitere Personen, die der Staatsmacht DDR nicht wohlgesonnen waren. Also zukünftige Anwärter einer Inhaftierung!

Wie viele Male ich in den Verhören dazu aufgefordert wurde, über benannte Personen mein ganzes Wissen auszubreiten, kann ich mit Gewissheit heute nicht mehr sagen. Aber das weiß ich gewiss, wenn ich mich auf die Hinterbeine stellte, dann dauerte es nicht lange und mir wurde begreiflich gemacht, wie schnell weitere Personen aus meinem Umfeld das gleiche Schicksal mit mir teilen müssten, nämlich das der Inhaftierung.

Allein die Vorstellung, in diesem Gefängnis säßen auch mir bekannte Personen mit ein, wenn ich nicht aussagen wollte, trieb mich an den Rand der Verzweiflung. Was sollte ich nun tun und wie mich verhalten?

Gerade waren es drei Tage, die ich nun an diesem Ort der „Menschenfeindlichkeit“ zugebracht hatte, dabei war es Freitag geworden. „Draußen“ freute man sich auf das Wochenende. Ohne darauf Einfluss nehmen zu können, blieb ich eingesperrt und musste erfahren, was es heißt, Verlassenheit zu spüren. In all diesem Jammer kam aus der Erinnerung ein weiterer Liedanfang hoch, dieser lautete: „Bei dir Jesu will ich bleiben ...“ Diesen Willensentschluss sollte mir zukünftig keiner rauben können und das war eine tragende „Säule“ fernerhin in all dem Unglück, das mich getroffen hatte.

Wie schon erwähnt gab es keine Uhr, keinen Stift zum Schreiben, womit man den Ablauf eines Tages festhalten hätte können.

Also: Es war Freitagabend, die Essenszeit war vorüber und in dem „Hause“ verbreitete sich eine gespenstische Ruhe. Plötzlich ging meine Zellentür auf und ich erhielt im Kommandoton die Aufforderung, sofort meine Sachen zu packen.

Mir rutschte das Herz in die Hosentaschen. Was hatte das zu bedeuten? Die Bettdecke wurde zu einem „Tragebehältnis“ umfunktioniert und dahinein wurde das zugelassene Eigentum gelegt, das sich im Laufe der Haft etwas an Dingen vergrößerte. Mit der Bettdecke in der Hand musste ich dem Wachmann folgen. Es ging ein Stockwerk höher und dann wurde eine andere Zellentür geöffnet und man schob mich da hinein. Zum ersten Mal erblickte ich einen anderen Mithäftling.

Was ich bis dahin für mich allein erledigen konnte, nämlich sich der Leibes Notdurft zu entledigen, dafür gab es ab sofort Zuschauer, weil doch die Toilette mit in der Zelle war, ohne Blickschutz, versteht sich!

Mein Herz raste wie toll, ich war völlig außer Rand und Band. Was kam jetzt wieder Neues auf mich zu?

Die eben eingetretene Situation legte sich wie eine Lähmung auf mich. Der Mithäftling nahm erst keine Notiz von mir, ich dafür umso mehr von ihm. Wer war das, weshalb saß dieser hier ein, würde er mich in Ruhe lassen oder kam es bald zu einer Schlägerei? Bis zu diesem Zeitpunkt hatte ich keinen blassen Schimmer, wer denn hier einsaß. Nach kurzen Fragen und Antworten hatte sich mein Mithäftling ein Bild von mir gemacht und ich erfuhr im Gegenzug von ihm, dass hier in diesem Zellentrakt nur „Politische“ untergebracht wären. Zum ersten Mal verspürte ich so etwas wie Erleichterung, hatte ich doch gedacht, ab sofort mit jeglichen Straftätern wie Mördern, Kinderschändern, Betrügern und sonstigen Gewalttätern eine Zelle teilen zu müssen. Vor denen meinte ich, mich fürchten zu müssen.

Im Laufe meiner Gefängniszeit musste ich mich korrigieren, weil auch unter den „Kriminellen“ Personen waren, die nicht nur „krumme Dinger“ gedreht hatten, sondern durchaus ebenbürtige Leute waren.

Von meinem ersten „Zellengenossen“ habe ich nicht mal seinen Namen behalten, weil diese Menge an neuen Verhaltensformen, die unter Entzug der Freiheit eingeübt werden mussten, alles normale Verhalten blockierte. Jedoch lernte ich binnen weniger Tage eine Menge an ungeschriebenen Regeln von ihm, wurde über Verfahrensweisen unserer „Peiniger“ aufgeklärt und auch darüber, dass man so gut wie keine Rechte anmahnen konnte. Der größte Teil waren willkürliche Abläufe, die in der Untersuchungshaftanstalt, auch gesteuert durch die Stasi-Beamten, praktiziert wurden.

Den ersten Mithäftling nenne ich ab jetzt Kurt. Sein Alter schätzte ich auf ca. 28 Jahre, er war von mittlerer, kräftiger Statur und hatte dunkles Haar. Durch unsere Gespräche wusste man bald über vieles vom Leben des anderen.

Hier muss ich jetzt an den Film denken: „Das Leben der anderen“.

Kurt kam aus einer westsächsischen Stadt, war dort mit einer jungen Frau liiert und wollte unbedingt in die Bundesrepublik Deutschland. Er erzählte mir, seine Freundin sei in einem Restaurant beschäftigt und wenn sie spät in der Nacht nach Hause käme, dann würden sie beide erst mal gut kochen und gut essen. Mit dieser schmalen Gefängniskost hatte Kurt seine Probleme. Sein Heißhunger auf Fleisch war nicht zu bremsen. Jeden Morgen beim Austeilen des Brotes musste ich für ihn mit bestellen, damit er tagsüber genug zum „Beißen“ hatte. Wenn wir Freigang hatten, dann geschah es öfters, dass man unsere Zelle untersuchte, hätte ja sein können, wir führten „Unrechtes“ im Schilde. Danach fehlten stets die zu viel bestellten Brote, man hatte sie uns weggenommen! Das verärgerte Kurt dermaßen, dass er immer noch mehr Hass auf „die da draußen“ bekam. Er machte daraus keinen Hehl und zeigte das ohne Furcht, büßte das aber stets durch andere Repressalien seitens der „Mächtigen“.

Kurt war ein starker Raucher und für mich eine Plage, weil er am Tage mindestens, sofern er Zigaretten hatte, zwischen 35 und 50 Stück rauchte. Durch die engen räumlichen Verhältnisse und die minimale Frischluftzufuhr hatte ich bald wahnsinnige Kopfschmerzen und von da ab Tag für Tag. Mitunter war ich froh, wenn ich zum Verhör musste, damit ich für einige Zeit „bessere Luft“ atmen konnte, obwohl diese wieder nach Boshaftigkeit, Ungerechtigkeit und Menschenverachtung „schmeckte“.

Einmal waren die Zigaretten von Kurt aufgebraucht, weil sein Konto kein Geld mehr aufwies. Aus diesem Grunde startete Kurt einen Versuch, nahm Schwarztee und wickelte sich aus Toilettenpapier vermeintliche Zigaretten, ja Not macht erfinderisch. Doch uns beiden bekam diese Art von Zigaretten absolut nicht. Dem einen wurde es schlecht, der andere war noch mehr mit Kopfschmerzen geplagt.

Das Konto eines Häftlings konnte nur dann aufgefüllt werden, wenn bei einem Besuch von Angehörigen Geld für den Inhaftierten eingezahlt wurde. Ausnahme: Personen aus der BRD konnten Geld direkt überweisen, im Umtauschverfahren 1:1. Über dieses Guthaben durfte der Häftling selbst verfügen. Von Zeit zu Zeit wurden vom Wachpersonal Bestellungen aufgenommen für löslichen Bohnenkaffee, Schokoladenpulver, Rührkuchen, Zigaretten, Tabak, Zigarren, Schwarztee.

Das wurde als sogenannte „Häftlingserleichterung“ gepriesen.

Zur Erklärung sei gesagt, dass der Besuch von Angehörigen von der Stasi als „Sprecher“ bezeichnet wurde. Es hieß dann, Sie haben heute „Sprecher“, das bedeutete also Besuch von Angehörigen.

Die politischen Häftlinge durften während der U-Haft nicht arbeiten, bekamen also kein Geld, aber der Staatsapparat betrieb mit dem Verkauf von oben genannten hochwertigen

Artikeln einen schwunghaften Handel. Die Angehörigen finanzierten dies mit der Einzahlung auf das Konto des Gefangenen. Aus heutiger Sicht doppelte Bestrafung. Diese Waren stammten aus dem Exquisitangebot der DDR.
Für die Zukunft hatte ich mir vorgenommen, aus meiner christlichen Weltanschauung kein Geheimnis zu machen, und aus diesem Grunde teilte ich Kurt diesen Sachverhalt mit. Er erhielt die Information von mir, dass ich zu Gott bete und dazu meine Hände falte, dann müsse er mich in Ruhe lassen, aber bedrängen würde ich ihn nicht damit. Ich bat ihn darum, es zu respektieren. Zum ersten Mal fiel mir dieses Bekenntnis nicht leicht, aber die Fronten waren ab sofort geklärt. Ab und an sagte er dann zu mir Heiliger, aber das hat mich nicht verletzt.

Während der U-Haft gab es Gelegenheit, sich Bücher auszuleihen, für mich lange kein Thema, weil ich überhaupt keine Antenne für Nebenschauplätze hatte. Später machte ich davon Gebrauch und musste feststellen, alle Bücher hatten nur eines im Sinn, die Inhaftierten davon zu überzeugen, sie wären tatsächlich Verbrecher, oder andere Bücher verherrlichten den Kommunismus und wieder andere berichteten von Strafprozessen und die damit verbundenen Urteile und deren Vollstreckung.

Die Verhöre nahmen derweil ihre Fortsetzung, mich bedrückte immer mehr, mit welcher Gemeinheit, unter Androhung ebenfalls von Freiheitsentzug, Geständnisse von Personen aus meinem Umfeld erpresst wurden. Bei allen Zeugenprotokollen, die man mir vorhielt, wurde mir von Mal zu Mal bewusster: Hier fasse ich eine Verurteilung ab. Immer und immer wieder stellte mir der Hauptmann die Frage, wieso ich mich politisch eingemischt hätte und nicht besser den Vorgaben des Staates Folge geleistet hätte. Meine Antworten dazu gingen stets in die gleiche Richtung und ich äußerte mich sinngemäß: Freiheit und Gerechtigkeit sind hohe Güter menschlichen Zusammenlebens. In der Bibel liest man darüber, dass wir als Christen für die Gerechtigkeit eintreten sollen. Weil auch zu lesen ist, Gott mehr gehorsam zu sein als den Menschen, habe ich in manchen Situationen davon Gebrauch gemacht und darauf hingewiesen. Zugegeben, in mancher Unterhaltung habe ich nicht immer eine sanfte Rede geführt. Dennoch wäre es nie mein Ziel gewesen, durch Gewalt oder Ähnliches andersdenkenden Menschen nahezutreten oder gar eine Gesellschaftsordnung zu stürzen. Die Macht des Wortes wäre für mich das geeignete Mittel, etwas zu bewegen. Allein diese Stellungnahme sollte mir noch viel Kummer einbringen.

Langsam wollte meine Geduld nicht mehr ausreichen, wann ich denn einmal mit meiner Familie reden dürfte. Dazu wurde mir nur gesagt, es wäre bald möglich. Zwischenzeitlich durfte ich einen Brief, DIN-A4, nach Hause schreiben.

An einem der Abende saß Kurt auf dem Schemel und las, plötzlich sagte er zu mir: „Hier steht etwas von deinem Gott, du Heiliger." Er gab es mir zum Lesen, die Verse 1 und 2 aus dem 91. Psalm. „Wer unter dem Schirm des Höchsten sitzt, und bei ihm, der alle Macht hat, bleiben darf, der sagt zu dem Herrn, du bist meine Zuflucht, bei dir bin ich sicher wie in einer Burg, mein Gott, ich vertraue Dir."

Dem geneigten Leser sei hier gesagt, von vornherein gab es kein Recht, in der Bibel lesen zu dürfen, erst später räumte man mir diese Möglichkeit ein, nämlich mittwochs und sonntags 18 Uhr 30. Aber die Bibel wurde mir in den seltensten Fällen gebracht, meistens musste ich mich demütigen und darum bitten. Dann hatte ich 20 Minuten Zeit! Trotzdem war ich meinem Gott dankbar, ich konnte so viele Male neue Kraft auftanken für die nächsten Tage schikanösen Geschehens. Als ich die Bibel das erste Mal bekam, las ich sofort den 91. Psalm. Dieser Psalm wurde zu meinem Rettungsanker. Jedes Mal, wenn mir der Mut sank, las ich ihn zur Stärkung. Und dieser Psalm mit seiner Aussagekraft bewahrheitete sich später noch an mir mit den vielfältigsten Ereignissen. Beim Schreiben dieser Zeilen durchlebe ich aufs Neue die Niederträchtigkeit, mit der ich und viele andere Häftlinge gedemütigt worden sind bis an den Rand des Wahnsinns, bis hin zum Selbstmord!

Es war wohl in der Zeit mit Kurt, als morgens kein Verhör stattfand, trotzdem der „Läufer“ kam und mich holte. Es ging in eine andere Richtung, hier war ich zu Beginn meiner Verhaftung hereingekommen. Es wurde eine Tür geöffnet, wieder schob man mich hinein. Darinnen waren etwa vier Treppenstufen. Auf einer stand ich, über mir befand sich eine weitere Treppe, die ich von unten sah. Alles in allem ein erbärmlicher Abstellraum, so richtig geschaffen, um depressiv zu werden. Was hatte man nur wieder vor mit mir?

Nach einer Wartezeit von ca. 20 Minuten, Platzangst sollte man in dieser Abstellkammer nicht haben, wurde ich erlöst, man führte mich in einen großen Raum, darinnen erblickte ich meine Christine und den Hauptmann.

So sah ich meine Frau wieder, ich der Häftling, der „Schuldige“, sie die tapfere, aber von vielen geächtete Frau.

Wie und unter welchen Umständen, so dachte ich später darüber nach, hat Christine jedes Mal diesen Weg zum Gefängnis erlebt? Ist ihr jeder Schritt schwerer geworden, das Herz immer zaghafter, das Selbstwertgefühl immer geringer in dem Bewusstsein, die Frau eines Häftlings zu sein? In meiner Gegenwart war sie die Tapferste von uns und half damit meiner Schwachheit auf.

Was war das für ein Wiedersehen! Als Schwächling wollte ich nicht gelten, also zeigte ich vorerst keine Gefühlsregung. Aber als ich Christine in die Augen sah, da war es um mich geschehen. Die sonst so treuen Augen hatten keinen Glanz, sie drückten Christines Traurigkeit aus. Wie und auf welche Weise hatte sie die Zeit seit meiner Verhaftung erlebt und bewältigt? Alle diese Fragen konnten nicht gestellt werden, also blieb ich weiter im Ungewissen. Es war uns nicht gestattet, Umarmungen auszutauschen, lediglich ein Händedruck fand statt. Wir besprachen organisatorische Dinge, zum Beispiel über den Verkauf unseres Pkws, welcher Rechtsanwalt für mich infrage käme, über Zahlungsverpflichtungen meinerseits wegen des Pkws, wie meine Söhne mit der neuen Situation zurechtkämen und wie es meinen Eltern gesundheitlich gehe. Dann war die halbe Stunde auch schon vorüber und wir mussten uns verabschieden.

Ich wollte tapfer bleiben, aber mir presste es die Tränen in die Augen und das Gefühl einer totalen Sinnlosigkeit meines Lebens bemächtigte sich meiner. In diesem Zustand wurde ich aus dem Raum abgeholt. Christine wie auch ich mussten aufs Neue mit den eigenen Empfindungen zurechtkommen.

In dieser Zerrissenheit sperrte man mich wieder in jene vorher erwähnte „Platzangstzelle“. Hier wurde mir bewusst, was es heißt, des Lebens überdrüssig zu sein! Ich zitterte am ganzen Körper wegen dieser infamen Behandlungsweise, willenlos musste ich zusehen, wie an meiner Familie und an mir Praktiken angewendet wurden, die uns Schaden an Leib und Seele zufügen sollten.

Der „Läufer“ brachte mich wieder in meine Zelle und dabei freute er sich gehässig über meine tiefe Traurigkeit. Sein hämisches Grinsen war beredter Ausdruck dafür.

Diese Art von Besuchen war für alle Häftlinge wie auch für die Besucher stets eine immense innerliche Belastung, eine Art Schwerstarbeit. Bei den Gesprächen mit den Angehörigen ist es nie möglich gewesen, über alle Tatsächlichkeiten zu berichten, stets war bei dem „Sprecher“ ein Stasi-Beamter zugegen. Mit dem Satz „Sorgt euch nicht, mir geht es gut“ war jedes Mal alles gesagt. Wann ich meine Frau wiedersehen würde, lag in den willkürlichen Entscheidungen der Beamten.

Die nun folgenden Stunden in der Zelle „krochen“ dahin, es war, als wäre alles zum Stillstand gekommen. Mit der Ungewissheit leben zu müssen, was geschieht noch mit dir, was stellen sie noch an mit dir, zu wie viel Jahren wird man mich verurteilen, kommst du hier jemals lebend wieder heraus, das war das gewollte Martyrium, was uns, die politischen Häftlinge, psychisch an den Abgrund treiben sollte!

Während der gesamten Inhaftierung passierte es von Zeit zu Zeit, dass ich in eine Phase der Depression verfiel. Ich erlebte das vor meinem inneren Auge als ein Gefühl oder Empfinden. Es schob sich eine finstere Wolkenwand auf mich zu, die in keiner Weise lichtdurchlässig war. Dies hatte ein Grübeln zur Folge, man stierte vor sich hin und wünschte sich, das Leben wäre in einem Augenblick zu Ende. Es ging so weit, dass man sich schon Vorstellungen machte, wie man es beenden könne. Gott sei Dank gab es das Gebet. Mit Leidenschaft rief ich dann in diesen Stunden zu IHM, das Tröstliche ließ nicht lange auf sich warten, meine Niedergeschlagenheit musste einer bestimmten Zuversicht weichen.

Oft passierten solche Attacken an den Wochenenden, oder nach niederträchtigen Verhören. Als ob es nicht schon ausreichend Demütigungen gab, so geriet man auch noch in Versuchung, sich selbst ein Leid anzutun. Zur Freude derer, die da draußen vor den Zellentüren standen und uns beherrschten, wurden solche Verhaltensweisen unsererseits gern gesehen, weil wir ja damit zum Ausdruck brachten, wie elend es uns ging. So schauten die „Schließer" mit verhohlener Genugtuung mehr als sonst durch den Sehschlitz herein. Manchmal hätte ich gern gewusst, ob da nicht wenigstens einer von den Schließern oder Wärtern dabei war, der dabei Gewissensbisse bekam ob des Umstands, dass da UNSCHULDIGE einsaßen! Allerdings, wenn es einen gelungenen Selbstmord gegeben hatte, dann war dies eine immense Bestrafung für die da draußen, weil sich jemand dem Schandurteil entzogen hatte. Und einige Male während meiner Inhaftierung hatte so etwas stattgefunden!

Jeden Morgen dieser ständig gleiche Ablauf: wecken mit dem grellen Licht der Leuchtstofflampen, waschen, Frage nach dem „Wie viel?" beantworten, Frühstück, je nach Anweisung Freigang in der „Schweinebox“, dann zum Verhör. Möglich, dass erst noch der elektrische Rasierer hereingereicht wurde, damit man auch zum Verhör eine „gute Figur“ abgab. Erwähnt sei hier: Der ein und derselbe Rasierer diente jedem Häftling auf der Etage. Die Gerüche, die daraus hervorquollen, waren teilweise ekelhaft. Ein Rasiermesser gab es deshalb nicht, denn das hätte zum Öffnen der Pulsadern gereicht.

Es war wieder Sonntagabend, ich bat darum, mir die Bibel kommen zu lassen, weil es wieder Zeit wurde, Trost aufzutanken. Ich begann erneut mit dem 91. Psalm und beim Lesen des Verses 15 packte es mich. Ein ums andere Mal las ich diesen Vers. Es war die Antwort auf meine Bangigkeit. Dieser Vers 15 bewahrheitete sich im Laufe meiner Gefängniszeit, noch heute will es mein Verstand nicht fassen, welches Versprechen mir Gott da vor die Füße gelegt hatte. So nah, wie mir Gott in dieser Zeit gewesen ist, ich halte es heute noch für Wahnsinn, obwohl es Wochen und Monate waren, die mich zutiefst erschüttert hatten.

Es gibt dafür keine Erklärung, weshalb ich diesen Vers 15 wortwörtlich nahm, wo es heißt: „Er ruft mich an, so will ich ihn erhören, ich bin bei ihm in der Not, ich will ihn herausreißen …“, doch es bewahrheitete sich im Jahre 1987.

Wieder neigte sich ein Tag dem Ende zu. In den Glasbausteinen, die das vergitterte Fenster verdecken sollten, konnte man erahnen, die Dämmerung hatte eingesetzt. Bevor die karge Abendmahlzeit hereingeschoben wurde, versuchte ich Ordnung in meine in Unordnung geratene Gedankenwelt zu bringen. Es verhielt sich aber wie in einem Ameisenhaufen, es wuselte hin und her. Da biss ich mich an einem Punkte fest und es wurde mir gegeben, darüber nachzudenken.

Meine Schwester und Familie, sie wohnten in der Bundesrepublik Deutschland, besuchten uns fast jedes Jahr in unserer sächsischen Heimatstadt. Bei einem dieser Besuche, es waren aber schon Jahre her, sprachen wir über politische Gefangene, die es in der DDR geben sollte, und das dazugehörige Verfahren der Häftlingsfreikäufe durch den „Westen“. Übrigens: Unter uns Häftlingen sprach man nur vom Westen anstatt von der BRD.

Bei diesem Gespräch mit meiner Schwester und deren Mann, ich erinnere mich jetzt, sagte ich damals: „Sollte mir jemals eine Verhaftung aus politischen Gründen widerfahren, dann telefonieren wir mit euch und gratulieren zum Geburtstag auch dann, wenn eben gerade kein Geburtstag ist. Weshalb ich auf so eine „Schnapsidee“ gekommen war, ich kann es bis heute nicht ergründen. Wer legt es schon darauf an, Gefängnisluft atmen zu müssen. Damit ist die eine Seite der Medaille gekennzeichnet!

Die andere Seite trägt eine weitere Komponente.

Weil die DDR in den Jahren ab 1985 etwas „großzügiger“ mit Verwandtenbesuchen, die im „Westen“ wohnten, umgingen, durfte ich in diesem Zusammenhang zwei Mal nach dem Westen fahren, einmal 1985 zur Silberhochzeit meiner Schwester, das andere Mal 1986 zur Hochzeit meines Neffen. Es versteht sich natürlich, die Reisen fanden ohne meine Familie statt. Sie alle mussten daheim bleiben, um zu gewährleisten, dass der Vater zurückkehrte. Heute würde man dazu sagen: eine moderne Form von Geiselhaft.

Während dieser zweiten Reise besuchte ich auch ein uns befreundetes Ehepaar in Rheinland-Pfalz. Karl-Wilhelm und Hanna hatten sich bei der Konfirmation unseres mittleren Sohnes kennengelernt. Karl-Wilhelm war mit der Familie meiner Schwester aus dem Westen mitgekommen, um im Motorrad Museum Augustusburg seinen Wissensstand über DKW-Motorräder zu vervollständigen. Hanna, die Cousine meiner Frau, half bei der Familienfeier mit. Durch diese Umstände trafen jene Personen aufeinander. Aus dem Kennenlernen wurde Liebe und Karl-Wilhelm hatte sogleich ein Problem. Um Hanna sooft wie möglich nahe zu sein, benötigte er jede

Menge Einreisegenehmigungen, um die innerdeutsche Grenze passieren zu können. Zusätzlich durfte bzw. musste er für jeden Tag, den er in der DDR war, 25 DM entrichten. Auf die Dauer ein kostspieliges Unternehmen. Aber um des Naheseins willen nehmen Liebende das auf sich. Wir lernten Karl-Wilhelm dadurch auch besser kennen und schätzten seine Art sehr. Dabei erlebten wir alle Aktivitäten mit, alle Frustrationen, alle Widerwärtigkeiten, die die beiden durchleben mussten, damit sie ein Ehepaar werden durften und einen gemeinsamen Hausstand in der Bundesrepublik Deutschland gründen konnten.

Die Steine und Knüppel, die man ihnen in den Weg legte, erfolgte vonseiten der Behörden, die sonst immer das Wort Humanismus strapazierten. Aber an der kommunistischen Diktatur führte kein Weg daran vorüber! Nach ihrer Hochzeit, die sie in Sachsen vollzogen, konnte Hanna nach kurzer Wartezeit ihrem Karl-Wilhelm nachfolgen. An den Tag ihrer Abreise werde ich noch heute erinnert. Auf einem Autobahnparkplatz verabschiedeten wir die Lieben und wenig später entschwand der Pkw mit Anhänger unseren Blicken. Solche Szenen trafen unsere Familie, bestimmt auch andere Familien ähnlich, mitten ins Herz. Wer wusste denn schon, ob uns ein erneutes Wiedersehen beschieden war, wo doch die Mächtigen immer am Drehen waren, die innerdeutschen Verbindungen zu erschweren!

In unseren Unterhaltungen mit Karl-Wilhelm und Hanna sprach ich auch davon, dass ich gern einmal mit einem bundesdeutschen Politiker gesprochen hätte. Ich sah den Sinn darin, an genannter Stelle darüber zu reden, wo dem „gelernten DDR-Bürger“ der Schuh drückt. Man hatte den Eindruck, bundesdeutsche Medien verkannten manche Umstände, mit denen wir leben mussten!

In der Tat, so ein Gespräch ergab sich zu meiner großen Freude. In den wenigen Tagen, die ich bei unseren Freunden verbrachte, besuchten wir auch sonntags den Gottesdienst. An dem Gottesdienst nahm auch ein Minister der rheinland-pfälzischen Landesregierung teil, dem ich nach Ende des Gottesdienstes vorgestellt wurde. Ich war von seiner Persönlichkeit sehr beeindruckt und trug ihm meinen bescheidenen Wunsch eines Gesprächs mit ihm vor. Ohne zu zögern, ging er darauf ein und bat uns zu sich nach Hause. Der Einladung folgten wir mit großer Genugtuung. Unser Gespräch zog sich über die Mittagszeit hin, für den Herrn Minister und seine Frau offensichtlich keine Zumutung. Wieso ich am Ende unserer Unterhaltung den Herrn Minister bat, mich nicht zu vergessen, ist mir bis heute ein weiteres Rätsel geblieben.

Die Verhöre nahmen ihren Fortgang. Immer öfter musste ich zu Zeugenaussagen Stellung nehmen. Der Hauptmann wiederholte in einer Tour, ich müsse die Wahrheit sagen, andernfalls, wenn man mir beweisen könne, gelogen zu haben, erhöhe sich das Strafmaß! Mit Zynismus in der Stimme sagte er zu mir: „Sie können sich darauf verlassen, aus dem schwarzen Vogel ist nach Ende dieser Angelegenheit ein weißer Vogel geworden. Dafür wird hier gesorgt!“

Durch die Zeugenaussagen, die mir mehr und mehr vorgehalten wurden, kam ich darüber immer öfter unter Zugzwang. Einesteils war ich tieftraurig, dass mich mir befreundete Personen und nahestehende Verwandte mit ihren Aussagen aufs Schwerste belasteten. Aber das war die infame Art meiner Peiniger, die Art des Staatssicherheitsdienstes, andersdenkende Menschen zum Schweigen zu bringen oder zum Verrat zu treiben. Der Zweck heiligte in dem Fall alle Mittel, die die Stasi anwendete, um sich Menschen gefügig zu machen!

Ich erinnere mich daran, wie ich versuchte, Widerstand zu leisten, um niemanden zu belasten. Wenn ich dem enormen Druck wieder einmal nicht standhalten konnte, dann war es mir im Nachhinein stets wie Übergeben und mein Selbstwertgefühl war an der untersten Stufe angekommen, ganz tief unten im Keller! Wenn ich heute daran zurückdenke, dann treibt es mir aufs Neue Tränen in die Augen. Nach vielen Wochen mit Verhören begriff ich, wie man „Verbrecher" schuf, meine Angst war es, es könne durch mein Versagen, durch die erzwungenen Geständnisse von mir, Verwandten und Freunden daraus das Gleiche erwachsen wie mir. Dazu gehörten die fortwährenden Drohungen des Hauptmanns, wenn ich keine Aussagen machen würde, dann hole man eben meine „sauberen" Freunde und dergleichen Personen mit in diese Unterkunft, bestimmt wäre das sehr hilfreich für jenen Personenkreis, und dabei mimte der Hauptmann absolute Ernsthaftigkeit oder steckte dahinter nur Heimtücke?

Des Weiteren drohte er mir an, wenn je von meiner Familie einer die Information von meiner Inhaftierung nach der BRD weitergeben würde, sehe man sich gezwungen, auch meine Frau in Gewahrsam zu nehmen!

An dieser Stelle ist es mein großes Anliegen, um Entschuldigung zu bitten bei den Menschen, die durch mich in Bedrängnis geraten sind, die durch mich persönliche, berufliche und gesundheitliche Nachteile in Kauf nehmen mussten, die lange Zeit in Angst gelebt haben, eingesperrt zu werden und damit ihrer Freiheit beraubt zu werden. Die Last der anderen auch mittragen zu können war mein Wunsch, aber meine eigene Bürde hatte mich schon zu Boden gedrückt!

Im Laufe der Verhöre musste ich auch Aussagen tätigen zu meinen Aktivitäten in der kirchlichen Vereinigung, zu deren Personenkreis und der dort herrschenden politischen Grundeinstellung. Ich bezog mich auf unseren christlichen Glauben und nahm an, es wäre legitim, die Bibel als Richtschnur und Grundlage für die Lebensführung aller Christen darzustellen. Und eben aus jenem Grunde, dass die DDR ein atheistischer Staat sei, befände ich mich in vielen Situationen im Widerstreit mit dem Staat und meiner persönlichen, christlichen Überzeugung. Deshalb gab es für unsere Familie nie Kompromisse, wenn es darum ging, atheistische Forderungen des Staates zu unterstützen. In weiteren Verhören bezog ich demzufolge auch meinen christlichen Standpunkt mit ein und der Hauptmann war gezwungen, etliche Male in seine Protokolle, die in den ersten Wochen entstanden waren, den Namen Gott zu verwenden bzw. Worte aus der Bibel zu zitieren. Doch eines Tages, vielleicht nach vier bis sechs Wochen, war Schluss mit dieser Art von Protokollen!

Der Hauptmann teilte mir mit, die gesamten Protokolle mit Hinweisen auf mein Christsein, auf Gott und ähnlichen Inhalt seien nicht Gegenstand der Befragung gewesen und müssten daher aus den von mir unterzeichneten Protokollen verschwinden!

Ich hielt den Atem an. Was hatte das zu bedeuten, welche hinterhältige Tour sollte das wieder werden? Die erste Reaktion von mir: Ich saß auf einmal nicht mehr gebeugt am Tisch wie ein armer, elender Sünder, sondern mein Rücken war aufrecht, gerade geworden.

Der Hauptmann unterbreitete mir mit „schmeichelnder" Stimme, alle bisher angefertigten Protokolle, von mir unterschrieben, bekäme ich nochmals vorgelegt und ich müsse alle Passagen mit Gott usw. ausstreichen und geändert und mit meinem Namen versehen erneut unterzeichnen. Da verschlug es mir den Atem. Mein erster Gedanke: Man wollte den Schein wahren und keine Christen eingesperrt haben, dies musste auf alle Fälle vermieden werden! Gab es in den Protokollen keinen Hinweis auf Gott, gab es auch keinen Häftling, der vorgab, Christ zu sein, so dachte ich.

Mit einem, der kein Christ war, konnte man viel einfacher umgehen. Dieses Ansinnen lehnte ich ab! Der Hauptmann unternahm einen weiteren Versuch, mich gefügig zu machen, dabei schwoll seine Stimme an. Ich verweigerte auch dieses Mal! Tief in meinem Innersten drangen sich mir Parallelen an die Zeiten der braunen Diktatur auf, dort hatte man in KZs jede Menge katholischer und evangelischer Christen eingesperrt und zum Teil ermordet!

Mit diesem Ersuchen, die angefertigten Protokolle für null und nichtig zu erklären, ging es in die Zelle, es war Mittag geworden.

An etwas zu essen war nicht zu denken, weil die Aussicht auf die nächste Auseinandersetzung mit dem Hauptmann schon vorprogrammiert war. Ständig musste ich daran denken und die Angst davor breitete sich wieder aus, aber ich wollte doch stark bleiben. Das Karussell von widerstrebenden Empfindungen und Überlegungen nahm in mir rasante Fahrt auf. Als ich die Schritte des „Läufers" auf dem Gang draußen hörte, war mir klar, jetzt werde ich wieder vorgeführt! Alles verkrampfte sich in mir, aber es half nichts, die Zellentür wurde geöffnet, ein kurzer monotoner Ton: „Zwei", damit war ich gemeint, und so trabte ich mit dem Gesicht zu Boden gerichtet und Händen auf dem Rücken der Erniedrigung erneut entgegen. Ein kurzer innerlicher Aufschrei zu Gott: Herr hilf mir, lass mich nicht allein! Die Tür ins Zimmer des Hauptmanns stand bereits offen und es erfolgte eine Fortsetzung dessen, womit es vor dem Mittag geendet hatte. Mit möglichst beherrschter Stimme wurde mir angezeigt, welche Konsequenzen mir aus meiner Verweigerung entstünden. Weil ich wiederum nicht darauf einging, brüllte der Hauptmann entnervt los und entwickelte eine kolossale Szenerie, die ich dann, wenn sie eintreffen würde, zu verantworten hätte. Es begann mit Strafmaßerhöhung wegen nicht kooperativer Bereitschaft am Mitwirken der Wahrheit bis hin zur Inhaftierung einiger meiner kirchlichen Freunde. Wenn ich nicht endlich zur Abänderung der religiösen Passagen in den Protokollen bereit wäre, dann müssten seine Kollegen, die „Genossen" der Stasi, mal in der Landeskirchlichen Gemeinschaft eine „Durchleuchtungsaktion" durchführen. Man wäre sich sicher, dort genügend gleichdenkende Menschen wie mich anzutreffen und der Weg für sie in die U-Haft könne eine Alternative sein.

Ich gab nun meinen Widerstand auf mit der Erklärung, allein mich träfe die „Schuld", alle meine Glaubensfreunde hätten damit nichts zu tun. Soweit es mir gelang, äußerte ich dies mit einer festen Stimme, was in den vielen Verhören nicht immer selbstverständlich war.

Im Anschluss daran bekam ich nun die verschiedensten Protokolle vorgelegt und mit einem Lineal und Kugelschreiber bewaffnet strich ich nun die „zweifelhaften“ Aussagen und Hinweise durch. Dann musste ich noch meinen Namen hinzuschreiben und dass dies eigenhändig von mir geändert worden sei!

Bei den ersten Durchstreichungen war mir noch ganz elend zumute, hatte es doch den Anschein, eklatanten Verrat begangen zu haben, aber mit der Menge von Abänderungen besann ich mich auf meinen Kommentar zu dieser Willensänderung, mein Herz begann endlich langsamer zu schlagen. Es war, als hätte Gott mich liebevoll mit seiner Hand berührt! Das war eine Situation nach der zeitaufwendigen „Streichaktion“, wonach ich mich für einige Zeit getröstet wusste und darüber zur Dankbarkeit gelangte. Wie sich die Sonne innerhalb kurzer Zeit hinter dicken, fetten, schwarzen Gewitterwolken verstecken kann, so war das im übertragenen Sinne auch bei mir, eben noch hatte ich einige zaghafte Sonnenstrahlen in meiner Gedankenwelt bemerkt, sogleich verfinsterte sich mein Horizont und der ganz „normale“ Gefängnisalltag hatte mich wieder. Die Sorgen um meine Lieben in der Freiheit, die nicht wussten, welche notvollen Stunden ich durchlebte, aber auch ich wusste nichts von ihren Drangsalen, die sie durchlebten, diese Sorgen bemächtigten sich meiner mit solch einer Gewalt, dass mich die Traurigkeit und Hilflosigkeit in die Sinnlosigkeit führte. Dann kamen sie wieder, die dicken, haufenweise heranstürmenden Wolken, die meinen Gedankenhimmel verfinsterten. In solchen Momenten war ich der Unterlegene und es kam vor, dass ich mein Leben wie Dreck erachtete und den Mut zum Leben aufgegeben hatte, wäre da nicht dieser Liedvers gewesen: „Weiß ich den Weg auch nicht, Du weißt ihn wohl …“, für mein Leben hätte ich keinen „Pfifferling“ mehr gegeben!

Schade, mit Kurt hatte ich keinen Zellengenossen, der die verbleibende Zeit mit mir „sinnvoll“ verbringen wollte. Sein Grimm gegen seine Widersacher, der fraß ihn förmlich auf. Das musste ich dann ab und an mit aushalten. Am liebsten hätte ich mich in diesen Momenten versteckt, aber die Zelle gab keine Möglichkeit dazu her.

Verstehen konnte ich ihn, er mich nicht, weil ich keinen Hass zur Schau trug. Nicht weil es mir besser ging als ihm, sondern ich war einfach nur tief getroffen und es äußerte sich in nicht endend wollender Traurigkeit bei mir, dass Menschen mit solchen psychischen, brutalen Methoden andere Menschen quälten!

Irgendwann war es wieder ein Freitag, vielleicht drei Wochen nach meiner Inhaftierung, da ging nach dem „Abendessen“ das Spiel mit den Verlegungen wieder los. Die Karten, wer mit wem in einer Zelle die nächste Zeit zubringen müsse, wurden neu gemischt. So etwa muss sich ein Frosch vorkommen, der von einer Schlange ins Visier genommen worden ist. Er verharrt in Starre, hypnotisiert durch den Blick seines „Jägers“, bis er willenlos zur Beute wird. So fühlten sich die meisten der Häftlinge, wenn eine größere Verlegungsaktion gestartet wurde. Auch ich verharrte in äußerster Anspannung, tatsächlich wurde die Zellentür geöffnet und es hieß: „Zwei, Sachen packen!“ Mir schlotterten die Knie, in aller Fahrigkeit rollte ich die „Besitztümer“ in die Decke und ab ging es. Kurt blieb zurück. Gern wüsste ich heute, was aus ihm geworden ist!

Eine Stahltreppe hinunter, eine Etage also tiefer. Kam ich wieder in eine Einzelzelle oder wer war der nächste Mitgefangene? Als ich in die neue Zelle gekommen war, traute ich meinen Augen nicht, da saß einer, der war um einiges älter als ich. Die ganze Aktion hatte mich derart aufgeregt, ich musste sofort das WC benutzen. Ich schämte mich darüber, aber wir, die

Häftlinge, saßen alle im gleichen Boot. Mein neuer Zellengenosse hatte Verständnis für meine Situation und vermittelte mir sofort ein Gefühl, wir würden uns verstehen.

In all dieser Aufregung erinnerte ich mich daran, dass mein Vater an diesem 28.11.1986 seinen 79. Geburtstag begehen würde. Sonst ein Tag zum Feiern für die Familie. Ich dachte mit Wehmut: Werde ich das nochmals erleben, mit meinem Vater in Freiheit Geburtstag feiern zu können? Wie ging er damit um, dass sein Sohn im Gefängnis einsitzen musste, wie negativ beeinflusste das seine Gesundheit?

Viel Zeit zum „Warmwerden" konnten wir uns nicht nehmen, bei jeder neuen Verlegung stellte man fest, wir waren aufeinander angewiesen, deshalb galt es, „die Hosen herunterzulassen".

Ich nannte meinen Namen und er stellte sich mir mit Erwin Makarenko vor. Er sprach sehr leise, immer auf der Hut, es könne uns jemand belauschen.

Von nun an hatte ich wenigstens einen Gesprächspartner, mit dem ich vieles gemeinsam ertragen musste. Beide hatten wir Stunden, da hing jeder seinen Gedanken nach, da gab es keine Redezeit. Erwin stierte dann Löcher in die Luft, man konnte denken, sein Verstand hatte seinen Körper verlassen. Mir selbst ging es nicht viel besser, aber ich konnte wenigstens meinen Tränen freien Lauf lassen, dafür gab es keinen Grund, mich zu schämen. In der Zeit, in der es keine Verhöre für mich oder ihn gab, pflegten wir eine Unterhaltung, die von gegenseitiger Achtung geprägt war. So nach und nach erfuhr ich von ihm die Gründe seiner Inhaftierung, Gepflogenheiten aus dem Knast, „Spielregeln", die man befolgen sollte, Wortschöpfungen für Bedeutungen in der Zelle. Zum Beispiel wurde das WC „Benno" genannt, die WC-Bürste „Lissy", die samstägliche, mittags gereichte Suppe „Steinsuppe", weil nach dem Genuss der Bauch sich vorkam, als hätte er Steine verschluckt. So verspürten die Häftlinge an diesem Tag wenigstens keinen Hunger!

An den Wochenenden passierte im ganzen Knast nicht viel, außer dass es in Abständen die Auslieferung der bestellten Waren gab, wie anfänglich erwähnt.

Sonntags morgens wurde in einem Raum ohne Fenster und Tageslicht geduscht. Da hatten dann die homosexuellen Wärter ihre Freude, weil sie frei Haus zum Spanner werden konnten, ohne Rechenschaft ablegen zu müssen. Im gleichen Gebäude saßen Frauen mit ein, dort konnten sich die Wärter erst recht vergnügen mit der Betrachtung nackter Frauenkörper. Wir waren der Willkür in jeder Beziehung ausgesetzt. Weiterhin wurde alle ca. fünf Wochen die Bettwäsche gewechselt, die Gefängnisbekleidung (Unterwäsche) alle 14 Tage. Die Fingernägel etc. konnten unter Beaufsichtigung, Wärter an den Sehschlitzen, behandelt werden. Die Schere hätte ein Selbstmordwerkzeug sein können.

Am Sonntag gab es mittags ein „Fleischgericht", im Wiederholungsfall bot ich es meinen Mithäftlingen an, es regte nicht immer zum Appetit an. Wem es stets gut schmeckte, das war unser „Benno". Er bekam die „besten" Brocken ab. Erwischen lassen durfte man sich nicht dabei, das wurde als Hungerstreik gewertet und konnte mit Arrest geahndet werden.

Teils war ich froh, wenn Wochenende war, dann fanden in aller Regel keine strapaziösen Verhöre statt, aber zum anderen hatte man viel Zeit zum Nachdenken und das war auf Dauer ebenso belastend.

Erwin Makarenko, so gab er mir zu wissen, saß ein, weil er für seinen Sohn aus väterlicher Sorge und ebenso aus Solidarität zu ihm bei den Behörden vorgesprochen hatte, um dort klarzumachen, dass man dem Ausreiseantrag seines Sohnes nach der Bundesrepublik Deutschland doch stattgeben möchte. Wie ich später noch von anderen Mithäftlingen in Kenntnis gesetzt wurde, so waren bei diesen Behörden, bei denen die gestellten Ausreiseanträge bearbeitet wurden, stets Mitarbeiter der Stasi irgendwo zugegen. Hatte sich eine antragstellende Person mit ihren Argumenten nicht in der Gewalt, dann legten es die Behörden mit Vorsatz darauf an, den Antragsteller zu provozieren, um noch mehr „herabwürdigende“ Äußerungen von der betreffenden Person zu hören. Es geschah dann sehr oft, dass die entsprechende Person von da weg von den Stasi-Leuten sofort in das Gefängnis verbracht wurde!

Offensichtlich hoffte man vonseiten des Staates, mit Freiheitsentzug und entsprechender Härte das Problem Antragsteller in den Griff zu bekommen. Mit Erwin hatte ich einen Menschen getroffen, mit dem sich der Knast ein wenig besser ertragen ließ, dafür war ich sehr dankbar. Erwin akzeptierte auch mein Verhältnis zu Gott und hatte keine Schmähreden für mich übrig.

Nach den morgendlichen, schon bekannten üblichen Abläufen mit Licht anschalten (Wecken), Waschen, Frühstück, Rasieren, eventuell Freigang in der „Schweinebox“ harrte man der Dinge, die da auf einen zukamen. Für mich war es meistens klar, es ging erneut zum Verhör. Für den Hauptmann wie auch für mich hatte das Katz-und-Maus-Spiel gerade erst begonnen. Anfang Dezember 1986 ahnte ich noch nicht, dass die Verhöre sich bis in den April 1987 hinziehen würden. Je mehr Beweismaterial durch Zeugen bzw. durch den Fundus der Haussuchung gegen mich vorgebracht wurde, desto umfangreicher wurde die Sachlage. Als wahre Fundgrube hatten sich meine beiden Tagebücher der Stasi präsentiert, jene habe ich bis auf den heutigen Tag nicht wieder in meinem Besitz! Zum anderen existierten umfangreiche Korrespondenzen, Adressenverzeichnisse meiner Freunde und Verwandten, Niederschriften zu aktuellen, politischen Ereignissen, diverse Zeitschriften aus der BRD, Mengen an Fotos und Dias, verschiedene Bücher mit Inhalten, die den Sozialismus nicht verherrlichten. Dazu gehörte auch das Buch „Exodus“ von Leon Uris. Dies Buch schildert in zu Herzen gehenden Episoden das Wiederentstehen des Jüdischen Staates. Selbst dieses Buch enthielt man mir bis heute vor.

Von meiner Erziehung durch meine Eltern geprägt und selbstverständlich auch durch die Schule war das Dritte Reich für mich ein Unrechtssystem, weil 1939 durch Deutschland der Zweite Weltkrieg ausgelöst wurde und Hitler die Verantwortung für die Ermordung von sechs Millionen Juden auf sich genommen hatte. Umso weniger verstand ich, dass die DDR sich voll auf die Seite des palästinensischen Freiheitskampfes gestellt hatte. Hiermit hatte sich für mich die Frage der Sympathie für die DDR endgültig geklärt. Es kam des Weiteren hinzu, als meine Schwester 1956 die DDR in Richtung „Westen" verlassen hatte und es viele Jahre keine Möglichkeiten eines regulären Besuches gab, da erwachten schon dort die ersten Gegenreaktionen wider mein Heimatland! Warum wohl durften erwachsene Bürger nicht selbst über ihr Wohl und Wehe entscheiden? Und weshalb benachteiligte die DDR friedliebende Menschen, Familien, Bürger, die aufgrund ihres religiösen Bekenntnisses für sich Glaubensfreiheit in Anspruch nahmen, so wie es die Verfassung der DDR zusagte? Aus welchem Grund sah man es vonseiten des Machtapparates nicht gern, wenn sich die Bürger Meinungen bildeten, die über Fernsehkanäle und Radiosender westlicher Staaten befördert wurden?

Zwischen 1958 und 1962 hörte mein Vater einen Sender der BBC (engl. Rundfunk, zwei Stunden in deutscher Sprache). Dienstagabends gab es dort eine Sendung, die hieß „Briefe ohne Unterschrift", mit Lindley Fraser.

Diese Sendung schärfte damals schon meine Wahrnehmung für Recht und Unrecht. In jener Sendung wurden Beiträge kommentiert, die unter einem Kennwort an den BBC gerichtet und von Bürgern der DDR und Ost-Berlin abgesendet waren. Des Weiteren verstand ich nicht, wie und auf welche Art und Weise die Wahlen in der DDR immer das gewünschte Ergebnis einfuhren. Aus Anlass der Wahlen wurde man aufgefordert, die Wohnhäuser zu beflaggen, und wenn man in einem staatlichen Haus wohnte, war es erwünscht, mit allen

Hausbewohnern möglichst in aller Frühe zur Wahl zu gehen. Das war einfach nicht mein Ding!

Unverständlich war es auch für mich, dass die „große, ruhmreiche“ Sowjetunion nach 40 Jahren die DDR immer noch bezahlen ließ für einen verloren gegangenen Krieg! Ständig wurde die unverbrüchliche Freundschaft zwischen der Sowjetunion und der DDR beschworen, aber unter Freunden hatte ich andere Verhaltensweisen erwartet. Zum Beispiel konnte ich nie einen Besuch bei meiner russischen Brieſpartnerin abstatten, dafür gab es für mich keine Genehmigung. So sah wahre „Völkerverständigung“ in Wirklichkeit aus. Ich fragte mich auch, wenn es freitags an den Wochenendeinkauf ging, warum alle Lebensmittel des täglichen Bedarfs nie in einer „Kaufhalle“ nur allein zu bekommen waren? Erst nach dem Aufsuchen mehrerer Kaufhallen hatte man die nötigsten Artikel erstanden. Die Redensart, „Das habe ich erwischt“, war zu einem geflügelten Wort aufgerückt. Wenn ich freitags morgens mit meinen Kollegen zu unserer Arbeit ausrückte, fuhren wir etwa gegen 8 Uhr an einem Fleischereigeschäft bzw. Metzgerei vorbei, Ladenöffnungszeit 9 Uhr. Und siehe da, es stand schon eine „Schlange“, Reihe von Menschen davor, die einkaufswillig waren. In dieser Schlange erblickte ich regelmäßig meinen Vater, der dort mit anstand. Mein alter Vater tat sich dies für uns Junge an, weil am Nachmittag nichts mehr zu verkaufen war. Weil wir, meine Frau und ich, beide voll berufstätig waren, hätten wir erst nachmittags Zeit gefunden, dieses Geschäft aufzusuchen.

Ein weiterer Widerspruch regte mich enorm auf, das waren die sogenannten Intershops der DDR. Wer über Zahlungsmittel westlicher Länder verfügte, der hatte hier die Möglichkeit, einzukaufen, und bekam einen kleinen Vorgeschmack auf das Warenangebot des Westens.

Man sagte auch: „Wer keine DM hat, der ist ein Asozialer!“ Ein bitterer Witz, aber die Wahrheit.

Und warum hatte der Machtapparat der DDR das Recht auf Wehrdienstverweigerung für junge Männer nicht zugelassen?

Sehr wohl litt ich auch darunter, dass die Machthaber der DDR seit dem Bau der „Mauer“ 1961 in keinster Weise mehr an die Wiedervereinigung Deutschlands appellierten. Die Zweistaatlichkeit sollte zementiert werden!

Gern hätte ich auch gewusst, womit die DDR es rechtfertigte, Kindern das Recht auf höhere Schulbildung zu verweigern, nur weil sie nicht in den „Jungen Pionieren“, nicht in der „FDJ“ waren und „nur“ konfirmiert waren und keine Jugendweihe vorgenommen hatten. Diese Praxis erfuhren meine ersten beiden Söhne, aber noch heute bin ich auf sie und auf jene, die ebenfalls stark geblieben waren, stolz!

Zu diesen und noch weiteren Sachverhalten würde ich mich demnächst verantworten müssen und in aller Offenheit dazu Stellung nehmen.

Mit Erwin Makarenko war ich leider nicht sehr lange in einer Zelle. Er hatte mir verraten, dass er darauf warte, nach Berlin überstellt zu werden, um im dortigen Haftkrankenhaus untersucht zu werden wegen seiner vollen geistigen Zurechnungsfähigkeit. Ich nahm an, er erhoffte sich davon eine Diagnose, die ihm eventuell eine Haftverschonung einbringen könne.

Es muss in der zweiten Dezemberwoche gewesen sein, als morgens die Zellentür geöffnet wurde, hierzu musste man sich mit Händen auf dem Rücken in das hintere Drittel der Zelle stellen. Erwin Makarenko musste zügig seine Sachen packen, offensichtlich sollte er nach Berlin-Ost ins Haftkrankenhaus transportiert werden. Zur Verabschiedung verblieb uns nur ein allessagender Blick. Die Zellentür wurde verschlossen und ich war allein! Heute noch denke ich an Erwin in Dankbarkeit, er verstand als Erster meine tiefe Niedergeschlagenheit und fühlte mit mir. So bediente sich Gott eines Menschen, der Gott nicht kannte, aber dieser Mensch wurde für mich zum Trost.

Ob ich jetzt allein bleiben müsse, dachte ich am Abend. Eine Weile ginge es wohl, aber dann wäre es gut, wieder einen gleichgesinnten Gesprächspartner zu haben. Wer garantierte mir aber, dass es wieder so ein guter Kerl wie Erwin sei? Woher sollte ich wissen, dass der Nächste nicht jemand war, den mir die Stasi vor die Nase setzen würde, um mich einer weiteren Demütigung zuzuführen. Nach dem Abendbrot, sonst wurde es dann immer stiller im Trakt, kam auf einmal Bewegung in das Gefängnis. Die große Tür im Erdgeschoß, ich hatte es schon gelernt, Geräusche zu deuten, wurde bewegt. Diese Tür stellte die Verbindung zur Außenwelt dar. Hier ging es auch durch, wenn „Sprecher" war. Brachten die Schergen wieder einen neuen Häftling, oder was hatte das zu bedeuten?

Eine kurze Zeitspanne verging und das Geräusch von Schritten stoppte vor meiner Zellentür. Diese wurde nun geöffnet, stets ein besonderer Akt, und herein kam ein überaus bleicher und schlotternder Mann mittleren Alters. Die Tür wurde verschlossen und wir waren uns selbst überlassen. Jetzt war ich der, der schon länger in dieser Zelle war, also der Zellenälteste, was für eine „Ehre". Das gleiche Schauspiel begann so, wie als ich zu Erwin gekommen war. Der Neue musste sofort „Benno" strapazieren. Damit uns die „Wohlgerüche" nicht zu sehr in die Nase stiegen, war es ungeschriebenes Gesetz unter den Häftlingen, ständig die Spülung zu betätigen. Habe dabei manchmal daran denken müssen, wie das vor vielen Jahren war, als es noch keine Wasserspülung gab. Selbst im Knast konnte man für etwas dankbar sein.

Der Neue war in einem erbärmlichen Zustand, er zitterte, sah aschfahl aus und wollte erzählen, aber es kam nur wirres Zeug aus seinem Mund. Das Einzige, das vernehmlich war, sein Name. Er sagte: „Ich bin der Wolfgang Cäsar." Da nannte auch ich meinen Namen und meinte hinzufügend, er solle erst mal zur Ruhe kommen. Zeitlich war das gegen 20 Uhr. Bis zur Nachtruhe war es noch eine Weile hin und deshalb ergab sich dann doch noch eine erste Unterhaltung.

Schon bald wusste ich, dass er soeben aus dem Haftkrankenhaus Berlin gekommen war. Jetzt verstand ich, den Erwin hatte man dahin verbracht und den Wolfgang wieder mit retour genommen. Er war aus demselben Grund im Haftkrankenhaus, um dort auf Zurechnungsfähigkeit untersucht zu werden. Unter welchen Bedingungen das stattgefunden hatte, davon erfuhr ich jeden Tag etwas mehr. Solche Maßnahmen hatte ich den Staatsorganen schon immer zugetraut, auch schon, als ich in keiner Weise an eine Inhaftierung meinerseits gedacht hatte. Aber nun hatte ich ein lebendiges Beispiel vor mir, vorausgesetzt, er sagte die Wahrheit. Doch daran zweifelte ich bei seinem Anblick nicht. Was war nur geschehen, dass er in solch einem desolaten Zustand war?

Am Morgen wäre er mit einem kleineren Gefängniswagen aus Ost-Berlin abtransportiert worden, aber bald nach Beginn der Fahrt musste er wieder aussteigen und kam in eine Einzelzelle, offensichtlich noch in einem Ost-Berliner Gefängnis. Hier verbrachte er einige Stunden in totaler Ungewissheit, was eine Angstpsychose bei ihm auslöste. Solche Gedanken wie: Jetzt wollen die dich umbringen!, waren die Folge. Wie konnte es auch anders sein nach den Behandlungsmethoden im Haftkrankenhaus.

Die „Herren Wärter", die den Transport mit Wolfgang durchführten, waren sicherlich noch Einkäufe tätigen in Ost-Berlin, weil es hier ein größeres Warenangebot gab als in der DDR-Provinz. Schließlich war es kurz vor Weihnachten. Dies erklärte auch, warum für Wolfgang eine Unterbrechung der Fahrt gegeben war. Doch woher konnte er wissen, was diese Aktion bedeuten sollte. Jedenfalls kam er so angsterfüllt in meine Zelle. Es tat mir gut, helfen zu können, dabei war es möglich, meine eigene Not und Traurigkeit zu vergessen.

Wie es in jeder Nacht üblich war, gab es kein Durchschlafen. Alpträume sorgten noch für mehr Angst, das routinemäßige Einschalten des Zellenlichts behinderte das Schlafen, plötzliches Erwachen und damit verbundenes Grübeln, Stöhnen von

Mitgefangenen, die ebenfalls Alpträume hatten, das nächtliche Schließen von Zellentüren, die Sorge um die Lieben draußen, es diente häufig mit für eine durchwachte Nacht.

Auch in dieser Nacht war nicht an Schlaf zu denken, mein neuer Mithäftling stöhnte oft auf oder warf sich unruhig auf seiner Pritsche hin und her. Ich war in Sorge um ihn, er könne traumatisiert sein.

Die nächsten Tage brachten Aufregung ohne Ende mit sich. Einmal waren es meine Vernehmungen, sie wurden nun, seit ich die Passagen mit religiöser Aussage gestrichen hatte, in härterer Gangart geführt. Wo das noch hinführen sollte, mir war bange davor! Zum anderen teilte mir „Cäsar" immer mehr Einzelheiten mit, warum es zu seiner Inhaftierung gekommen war und was sich im Haftkrankenhaus in Berlin abgespielt hatte. Die Erlebnisse in Berlin hatten Wolfgang an den Rand seiner seelischen Stabilität gebracht. Ich erlebte Zeiten mit ihm, da schritt er in der Zelle auf und ab, voller Nervosität, hielt sich teilweise den Kopf fest, holte sehr tief Luft und sagte im Wiederholungsfall: „Das halte ich nicht mehr aus!"

Bei seinem Aufenthalt in Berlin hätte er in einer Zelle oder Raum gelegen, gänzlich allein, aber im Raum hätte sich ein menschliches Skelett befunden. Das Skelett, durch Zugluft bewegt, hätte in einem fort geklappert, das wäre ein Szenario für einen Gruselfilm gewesen. Außer dem Geräusch des Skeletts gab es keine weiteren Nebengeräusche. Bis zu dem Moment, wenn die „Essensklappe" mit Lärm und Getöse geöffnet wurde. Ein gewaltiges Erschrecken war die Folge davon. Alles in allem diente das für eine Tortur.

In einem nur wenige Minuten dauernden Gespräch zwischen dem Häftlingsarzt und „Cäsar" erörterte man die zwei gegebenen Möglichkeiten: entweder einen Paragraf auf Unzurechnungsfähigkeit oder Fortgang seines Verfahrens mit allen Konsequenzen! Im Falle einer Unzurechnungsfähigkeit bestehe aber keine Chance, in die BRD entlassen zu werden, denn „Idioten" nehme der Westen nicht ab! An dieser Stelle sei die

Frage erlaubt: „Was müssen das für Ärzte gewesen sein, die so verantwortungslos mit Menschen umgegangen sind?“ Eine Rücknahme des erteilten Paragrafen komme später auch nicht infrage! Also entschloss sich Wolfgang für die Fortset-zung seines Verfahrens und musste sich aufs Neue den Widerwärtigkeiten der Untersuchungshaft unter der alles umfassenden Gewalt der Stasi aussetzen. Wie es zu seiner Inhaftierung gekommen war, versuche ich hier wiederzugeben.

Wie durch ein Wunder, gegen alle sonst bekannten Praktiken, waren wir acht Wochen eine Zellengemeinschaft. Eine außergewöhnliche Situation, weil sonst alle drei bis vier Wochen eine Verlegung zu einem anderen Häftling durchgeführt wurde. Das erfolgte aus Gründen der inneren Sicherheit. Häftlinge sollten keine Pläne miteinander „schmieden“ können. Ich glaube im Nachhinein, unsere Zellengemeinschaft hatte deshalb so langen Bestand, weil die Hand eines „Höheren“ mit im Spiele war. Wolfgang brauchte viel Zuspruch, das hatten unsere Peiniger auch bemerkt und nahmen ihren Vorteil wahr. Auf diese Art und Weise hatten sie keine Unannehmlichkeiten. So trösteten wir uns gegenseitig bis zu dem Tag der gewaltsamen Trennung. Bis dahin war es aber nun noch weit.

„Cäsar“ war ein leidenschaftlicher Bergsteiger, Sportsmann und Naturfreund. Zusätzlich auch noch ein das Erzgebirge über alles liebender Mensch. Über das Erzgebirge fanden wir schon den ersten Konsens miteinander.

Weil aber dem notorischen Bergsteiger das Elbsandsteingebirge schon bald nicht mehr die an ihn nötigen Herausforderungen stellte, glaubte er seine Wünsche und Vorstellungen in den Alpen ausleben zu können, und das ohne politische Hintergründe. Mit seiner Frau Agnes teilte er diese Ansichten. Als der Plan herangereift war, die DDR in einer Nacht-und-Nebel-Aktion zu verlassen, unternahmen die beiden immense Vorbereitungen. Damit wollten sie ihrem Ziel, den Alpenraum zu erreichen, näherkommen. Wolfgang berichtete mir, wie sehr es ihn wegen seiner alten Eltern schmerzte, davon zu ihnen kein

Sterbenswörtchen sagen zu können. Alle Vorbereitungen fanden unter strengsten Vorsichtsmaßnahmen statt. Eine kleine Unachtsamkeit und der Plan wäre zum Scheitern verurteilt gewesen. Eine vorzeitige Inhaftierung die Folge davon.

Agnes und Wolfgang widmeten sich von da an größeren Radtouren und Wanderungen zum Konditionstraining.

Ihr Plan sah einen Urlaub in der „befreundeten" CSSR vor. So informierte man die Verwandten und Freunde von dem Vorhaben. Vorgesehen war dann aber, vom Urlaubsort in diversen Nachtmärschen bis an die Staatsgrenze der CSSR zu Österreich zu gelangen, um dann die Sperranlagen zu überwinden.

Ich stellte mir vor, wie die beiden nach einer Woche Urlaub ihr Zelt und ihren über alles geliebten Trabant-Pkw im Stich gelassen haben, um den sorgsam vorbereiteten Plan der Überwindung der Grenzsicherungsanlagen auszuführen. Nach mehreren Märschen, die sie vorwiegend in den frühen Morgen- oder in den späten Abendstunden unternahmen, hatten sie das Grenzgebiet erreicht und warteten in der Dämmerung auf ihre Chance. Dann befanden sie sich auf dem Vormarsch in Richtung Staatsgrenze und hatten bereits die ersten Hindernisse der Grenzanlagen überwunden, als plötzlich Leuchtspurgeschosse in den Himmel aufstiegen.

Danach erklang Hundegebell, dass schnell näher kam. Die beiden duckten sich und verbargen sich hinter Gestrüpp und einer Bodenwelle. Kurz vor ihrer Entdeckung durch die Hunde wurde die Gefahr gebannt. Die Hunde trollten sich wieder. Sicher stand der Wind günstig, deshalb war die Witterung der Hunde erschwert. Nachdem eine lange Zeit vergangen war und keine Geräusche zu vernehmen waren, nahmen die beiden ihren Fluchtversuch wieder auf. Als Wolfgang noch ein letztes Stacheldrahthindernis überwunden hatte, rief er: „Agnes, Österreich!"

Agnes blieb im Stacheldraht hängen und verletzte sich schwer an der Wade. Weil es aber das Unternehmen nicht zu gefährden galt, nahm sie alle Kraft zusammen und eilte Wolfgang nach. Im Glauben, nun alle Schikanen überwunden zu haben, wollten sie sich orientieren, was nun zu tun sei. In dem Moment erschienen aus dem Hinterhalt mehrere uniformierte, bewaffnete Gestalten und stießen Wolfgang mit groben Fußtritten zu Boden, wobei er noch mehr Schläge abbekam. Hierbei handelte es sich um Grenzsoldaten der tschechischen Armee.

Was Wolfgang nicht wissen konnte, war, dass die Verhältnisse nicht wie an der innerdeutschen Grenze waren, wo es kein Niemandsland gab. Die CSSR hatte ihre Grenzsperranlagen weiter ins Landesinnere verlegt, um weiterhin Fluchtversuche bis zur tatsächlichen Grenze unterbinden zu können.

Die „Cäsars" verbrachten nun mehrere Wochen in tschechischen Gefängnissen, bis sie eines Tages vom Flughafen Prag nach Berlin Schönefeld verbracht wurden. In diesem Flugzeug befanden sich nur Personen, die irgendwo im Ostblock einen Fluchtversuch gestartet hatten, der aber wie bei Agnes und Wolfgang in die „Hose gegangen" war. An der gelandeten Maschine in Berlin standen etliche Gefängnistransportwagen, um die „Republikflüchtigen" gleich an Ort und Stelle zu bringen, nämlich hinter Schloss und Riegel. Das bedeutete: Unternehmen Ausreißversuch gescheitert. Mit Strafe musste ab sofort gerechnet werden.

Nachdem ich diesen Bericht vernommen hatte, konnte ich meine Bewunderung für Wolfgang nicht unterdrücken. Aber sogleich gesellte sich eine tiefe Resignation dazu. Wolfgang hatte keine politischen Hintergedanken bei seinem Unternehmen und hatte schon gewaltig dafür leiden müssen. Was erwartete mich noch, der ich eben einen gänzlich anderen Hintergrund hatte wie die „Cäsars"?

Wir stellten fest, unsere Gemeinsamkeiten nahmen ständig zu, unsere Liebe galt unseren alten Eltern, dem Erzgebirge und dem dazugehörigen Dialekt, erzgebirgische Weihnacht zu feinern, Motorrädern, der englischen Sprache und dem Schachspielen. Schon nach kurzer Zeit klärte ich Wolfgang über meine Stellung zu Gott auf. Dieses Mal traf ich ins Schwarze, denn Wolfgang war davon berührt. Er bekannte mir, dass seine Mutter auch aus der Gemeinschaftsbewegung stamme und noch immer Besucherin einer solchen erzgebirgischen Landeskirchlichen Gemeinschaft sei. Ein Hauch von Freude, im Gefängnis kaum vorstellbar, durchströmte mich. Von da an hatten wir noch mehr Gesprächsstoff. Mein Mithäftling bekannte mir, seine Beziehung zu Gott wäre wie die zu einem guten Opa. Wir treffen wohl deshalb aufeinander, damit er seinen Standpunkt zu Gott überprüfen müsse!

Innerhalb weniger Tage verschlechterte sich das Befinden von Wolfgang, er wirkte angespannt und nervös. Er lief mit heftigen Schritten in der Zelle auf und ab. Seine Gemütsverfassung war kurz vor dem Nullpunkt, er murmelte ständig vor sich hin und klagte über starken Kopfschmerz. Das halte ich nicht mehr länger aus, war seine Devise. Nach Ausschalten des Lichtes bot ich an, mit ihm zu beten. Das taten wir dann auch, allerdings mit verhaltener Stimme, dabei erfuhr Wolfgang eine Zeit lang Beruhigung. Der Hauptmann hatte mich gewarnt, mich nicht bei dem Versuch der Missionierung anderer Mithäftlinge ertappen zu müssen, das würde unweigerlich weitere Strafmaßnahmen nach sich ziehen! Draußen vor der Zellentür standen doch genügend Aufpasser und Spitzel!

Aber von einem Gebet bzw. von Gesprächen über Gott und die Bibel, auch mit anderen Häftlingen, davon wollte ich mich nicht abbringen lassen.

An jenem Tag, als Wolfgangs Verhalten eskalierte, hatte ich wie durch ein Wunder kein Verhör. Ich befand mich in der Zelle.

Wieder begann das Hin und Her, das Auf und Ab in der Zelle. Mit gesteigerter Nervosität, mit den Händen zum Kopf greifend und mit Aussprüchen, die nichts Gutes ankündigten, startete Wolfgang in den Tag.

Dann stöhnte er auf und wurde immer lauter, immer heftiger mit seiner Stimme und sagte in einem fort: „Das halte ich nicht mehr länger aus!“ Seine gesamte Körpersprache drückte den totalen Zusammenbruch aus, er war nicht mehr in der Lage, rational zu denken. Mit wachsender Besorgnis und Befremdung nahm ich diese Situation wahr, meine Angst steigerte sich ins Unermessliche und meine Hilflosigkeit war perfekt. Da warf ich mich in letzter Minute in der Zelle auf die Knie und schrie zu Gott: „Vater, bitte lass Wolfgang stille werden, mach Du ihn ganz ruhig!“ Das Ungeahnte trat ein. Er hielt inne mit allem, war plötzlich kraftlos geworden und stöhnte über seinen schmerzenden Kopf. Bevor ich damit begann, ihm auf die Stirn kalte Umschläge zu machen, um seinen Kopfschmerz zu lindern, gab ich nach draußen ein Zeichen. Mittels eines Schalters, den man betätigte, erleuchtete draußen über unserer Zelle eine Lampe. Sehr froh war ich, dass die Situation in unserer Zelle ihr Ende gefunden hatte. So blieb Wolfgang ein Einschreiten der Wärter erspart. Es dauerte eine Weile, dann kam ein Wärter. Ihm erzählte ich diesen Vorfall. Ich bat um einen Arzt für Wolfgang. Wir sollten uns gedulden, sie würden reagieren. Man erlaubte mir, weiter Umschläge zu machen, und Wolfgang durfte sich auf die Pritsche legen.

Auf einmal rasselte der Schlüssel und zwei Wärter kamen herein. Sie nahmen „meinen Patienten“ in Augenschein und erklärten dann, es gäbe nun ein Medikament, danach trete Besserung ein. Wolfgang musste die Medizin im Beisein der beiden Wärter schlucken, damit war für sie der Fall erledigt. Innerhalb der nächsten Stunde fiel Wolfgang in einen tiefen Schlaf. Noch zwei Tage danach war Wolfgang in einer Art von Trance.

Die Verhöre nahmen ihren Fortgang. So nach und nach bekam der Hauptmann seine Struktur für eine Anklage gegen mich auf das Papier. Immer aufs Neue legte er mir „Zeugenaussagen“ von meinem Freundes- und Verwandtenkreis vor. Die Enttäuschung darüber, dass mir so viel Belastendes von meinem Umfeld angehangen wurde, die konnte ich aus meinem traurig wirkenden Gesicht nicht verbannen. Der Hauptmann quittierte meine Reaktionen mit großer Befriedigung, weil er doch darin einen Erfolg seiner Verhörmethoden bei mir und den Zeugen, die mich belasten mussten, sah. Immer und immer wieder hielt ich deshalb mit mir Selbstgespräche, also musste ich mir sagen, viele der Zeugenaussagen wurden auf niederträchtige Weise erzwungen. Die Bestätigung dafür erfuhr ich, als ich wieder in Freiheit war. Ob das für den Hauptmann manchmal zu einem schlechten Gewissen führte, wenn er mich so zerknirscht sah, das konnte ich nie wahrnehmen, nur seine diebische Freude, mir wieder etwas vorhalten zu können. Ein Wort des Bedauerns über meine Lage von ihm hätte mir helfen können, besser damit umzugehen. Wenn der Hauptmann nicht mein Gegner gewesen wäre, im normalen Leben hätte er auf mich einen sympathischen Eindruck gemacht! Im Gegensatz zu den sonstigen Typen, die man hier zu Gesicht bekam. Aber so setzte er alles daran, mich meiner „gerechten Strafe“ zuzuführen!

In den ersten Tagen des Dezembers sah ich zum ersten Mal einen Anwalt, den hatte ich mir aus einem Verzeichnis von Rechtsanwälten aussuchen dürfen. Mir war aber bekannt, dass bei „politisch“ Inhaftierten die üblich gewählten Rechtsanwälte wenig ausrichten konnten, selbst wenn sie gewollt hätten! Der RA empfahl mir, mich in Wohlverhalten zu gedulden, konnte aber keine konkreten Angaben zu irgendeiner Vorgehensweise machen. Also auch in diesem Falle Fehlanzeige für ein humanes Ende in meiner Angelegenheit. An dieser Stelle sei erwähnt, dass zwar Gelder an die Rechtsanwälte bezahlt wurden, die politisch Inhaftierte vertraten, aber mir sind nur wenige Fälle bekannt, in deren Verlauf der Beschuldigte durch seinen bestellten Rechtsanwalt Rechtfertigung erfuhr. Um nicht bei den Mächtigen in Ungnade zu fallen und etwa Gefahr zu laufen, dass sie ihren Beruf nicht mehr ausüben könnten, beugte man sich reihenweise dem Druck und Zwang von Stasi, Partei und Regierung.

Inzwischen hatte ich gelernt, nichts für absolut zu halten, denn ständig musste man sich der Willkür dieses Machtapparates beugen und sich demütigen lassen.

Mitte Dezember mag es gewesen sein, die Verhöre waren voll im Gange, als ich morgens wieder zum Herrn Hauptmann gebracht worden war, da begann das Verhör mit einer lautstarken, grimmigen, voller Wut geführten Rede gegen mich. Ich wurde immer kleiner und versuchte mich zu ducken, um nicht in die verbale Schusslinie zu geraten, aber das war vergebens. Etwas musste vorgefallen sein, das den Hauptmann aus der Fassung gebracht hatte. Dann kam er auf den Punkt. Er schrie förmlich, wieso der Westen informiert sei, dass ich mich im Gefängnis befände. Wieso, wieso, fragte er immer und immer wieder. Zum ersten Mal empfand ich Freude darüber, dass den „Jungs" auch manches verborgen blieb. Hätte man meine Freude in dem Moment gewogen, die Skala wäre zu gering gewesen, das Gewicht zu ermitteln.

Ja, wie hatte der Westen das erfahren?

Es hatte sich nun jener Fall ereignet, dass meiner Schwester per Telefon zum Geburtstag gratuliert worden war. Sie hatte aber gerade keinen Geburtstag, dessen ungeachtet hatten wir es vor langer Zeit einmal verabredet. Der Leser erinnere sich bitte, darüber schon in Kenntnis gesetzt worden zu sein.

Einer meiner Söhne ist am nächsten Tag zu seinem Onkel gegangen, um von dessen Telefon meine Schwester anzurufen. In jenem Telefonat erfolgte die Pseudogratulation. Das Telefon in der Wohnung meiner Familie musste als Sicherheitsrisiko betrachtet werden, deshalb der Anruf von einem fremden Apparat.

Meine Schwester war für den Moment überfordert, glaubte sie doch an einen dummen Scherz. Am Abend sprach sie mit ihrem Mann darüber, er erinnerte sich sofort an unser vor Jahren geführtes Gespräch und war überzeugt davon, ich säße ein. Von da an wurden auf westlicher Seite Deutschlands die Informationen wegen meiner Inhaftierung von einem Personenkreis transportiert, den ich heute noch nicht genau benennen kann.

An dieser Stelle halte ich es für angebracht, diesen vielen lieben Menschen, denen meine Inhaftierung nicht egal war, aus vollem Herzen Danke zu sagen. Sie haben es selbst nicht gescheut, sich in Gefahr zu begeben, haben finanzielle Opfer gebracht und Zeit verschenkt, damit mein Leiden ein Ende nehme.

Auf Umwegen war auch dann dem Minister in Rheinland/-Pfalz bekannt geworden, wo sich sein damaliger, sonntäglicher Gesprächsgast nun befand.

Auf sein Betreiben hin wurde der damalige Rechtsanwalt Vogel, Unterhändler der DDR für den Gefangenenaustausch, kontaktiert. Danach informierte man auch den Hauptmann mit der gänzlich neuen Situation. Mit der veränderten Sachlage hatte sich der Hauptmann bestimmt viel Ärger und Verdruss eingehandelt. Im anderen Teil unseres Vaterlandes nannte man eben die Dinge beim Namen, Menschen, die ihr Recht auf Meinungsfreiheit ausgeübt hatten und dafür in Haft gekommen waren, diese Personen hatten keine kriminellen Vergehen einzugestehen! Für die Machthaber in der DDR kamen solche Vorfälle höchst ungelegen, weil doch strikt behauptet wurde, keine politischen Gefangenen einsitzen zu haben.

Die Form der Verhöre nahm von da an einen anderen Verlauf. Auf der einen Seite wollte man Korrektheit demonstrieren, auf der Gegenseite gewann ich den Eindruck, die Vergehen, die man mir vorwarf, wogen ab sofort schwerer. In jene Zeit gehört auch dieser Vorfall, der mir verdeutlichte, dass politische Häftlinge für einen Dreck erachtet wurden:

Bei mir hatte sich eine Psychose in solcher Form entwickelt, dass ich das Bedürfnis spürte, Wasser lassen zu müssen, sobald ich das Geräusch näher kommender Schritte in Verbindung mit Schlüsselklappern hörte. Für mich war es gleichbedeutend mit der Abholung zu einem neuen Verhör. Die Angst davor löste diese Psychose aus. In den meisten Fällen blieb es nur bei dem Gefühl. Ich hatte aus diesem Grunde mehrmals gebeten, während des Verhörs das WC aufsuchen zu dürfen, was für die Organisatoren ein größeres logistisches Problem darstellte. Im Wiederholungsfall verweigerte der Hauptmann meinen Wunsch. Daraufhin erwiderte ich, es sei aber dringend. Für den Hauptmann war das keine Notsituation. Er meinte mit Sarkasmus: „Wenn Sie es nicht halten können und mein Zimmer verunreinigen, dann drücke ich Sie mit Ihrem Gesicht dahinein!“

Von dieser Art Behandlung war ich dermaßen angewidert, dass ich zur Mittagszeit mein Herz bei Wolfgang ausschütten musste. Die Psychosen nahmen natürlich an Häufigkeit zu und ich ahnte nicht, dass diese Angelegenheit mich noch viele Jahre später, bis auf den heutigen Tag, belasten würde.

Bei Wohlverhalten und intensiver Mitarbeit bei den Verhören hatte man, die Willkür der „Beamten“ nicht mit einbezogen, wöchentlich die Möglichkeit, ein Blatt Papier DIN-A4, nur die Vorderseite, als Brief nach Hause zu schreiben. Das Gleiche galt für den Erhalt eines Briefes von daheim. Alle Briefe unterlagen der Zensur, logisch dann, dass der Inhalt wohl überlegt sein musste, um nicht den Ärger der „Herren“ heraufzubeschwören. In meinen Briefen an zu Hause versuchte ich stets mit Bibelstellen auszudrücken, wie es um mich stand. Lesen der Briefe von daheim und Briefe schreiben an zu Hause ein tränenreiches Unterfangen!

Trotzdem war es mehr Balsam für die Seele als Gift. Viele Male waren die Briefe von zu Hause mit den Handschriften aller, die von meiner Frau und von meinen drei Söhnen, beschrieben worden. Auch sie bedienten sich mannigfaltiger Bibelstellen. Der Inhalt der Briefe zeigte mir, sie wussten um meine Gefühlslage und um die mich zermürbende Gefangenschaft. Noch heute danke ich Gott für diesen Pakt der Solidarität seitens meiner Söhne und meiner Frau. Verpflichtet wären sie nicht dazu gewesen, weil ich in den vorangegangenen Zeiten ihre Liebe zu mir sehr auf die Probe gestellt hatte. Umso dankbarer war ich, dass mir wenige Wochen vor meiner Inhaftierung Vergebung seitens meiner Familie widerfahren war.

Auslöser dafür war auch die lebensbedrohliche Krankheit und erforderliche Operation meines mittleren Sohnes.

In Stunden der Anfechtung, wenn sich die gedanklichen, schwarzen Wolken wieder auftürmten, dann blickte ich stets in die hintere, obere Ecke der Zelle und rief Gott um sein Erbarmen an. Es gab nicht nur diese „Wolken", nein, in meinen Gedanken trieb alles wieder an die Oberfläche, womit ich in letzter Zeit Schuld auf mich geladen hatte. Wenn sich diese Spirale zu winden begann, barg ich mich schleunigst in den ausgebreiteten Armen meines verständnisvollsten Mithäftlings, und dieser hieß Jesus. An dieser Stelle sei auch erwähnt: Je einsamer, trauriger und hilfloser ich mich in den Wochen und Monaten meiner Gefangenschaft fühlte, je näher, fast greifbar war mir Gott. Mitunter waren es nur Kleinigkeiten, die den Gefängnisalltag verdunkelten, aber das Leben hinter dicken Mauern kollosal belasteten. Ein eindringliches Gebet, und binnen kürzester Zeit hatte sich der Umstand grundlegend verändert, womit ich wieder „besser" leben konnte.

Heute bekenne ich: Wenn nichts mehr geht, ist Gott am nächsten!

Die Tage gingen in Richtung Weihnachten. Die Gedanken daran schob ich von mir. Wie sollte das nur werden, ich eingesperrt und meine Familie ohne mich! Sollte der Stern von Bethlehem auch in unserer Zelle aufgehen?

Vor den Feiertagen „durfte" ich nochmals Besuch (Sprecher) von meiner Frau erhalten. So sehr, wie ich mich darauf freute, so sehr war im Nachhinein die Belastung und Traurigkeit! Wie erlebte das wohl meine Frau für sich selbst? So banal, wie es klingt, aber sie hatte immer noch ihren eigenen Willen, darüber verfügen zu können, wohin sie ihre Schritte lenken mochte. Aber was half das schon!

Bei diesem Sprecher bekamen wir die Kraft geschenkt im Beisein meines Hauptmanns, Christine und ich, dass wir gemeinsam vor dessen Augen und Ohren beteten. Diese „Tankstelle" gab Kraftstoff für uns umsonst ab.

Der Abschied war trotzdem mit zwiespältigen Gefühlen behaftet. Das organisatorische Uhrwerk der über uns Bestimmenden lief zuverlässig ab und keine Minute später holte man mich aus dem Besucherzimmer heraus. In der Zelle angekommen brach meine Welt erst wieder einmal zusammen.

Es glaube keiner, die Kraft Gottes hätte mich ständig umgeben, da sorgte schon der Widersacher Gottes dafür, dass dem nicht so war. Am besten stellt man sich dies mit Ebbe und Flut vor. Um Zuversicht und Kraft musste ich ständig aufs Neue ringen.

Sehr froh war ich, dass es mit Wolfgang wieder bergauf ging und wir manche Stunde damit ausfüllten, uns über Gott, unser Privatleben, unsere Sehnsüchte, Wünsche und Vorstellungen zu unterhalten. Weil Wolfgang ein begnadeter Schachspieler war, gewann er von 20 Spielen gegen mich 19, ein Spiel gewann ich. In dieser Situation warf er verärgert Spiel samt Figuren durch die Zelle. Im normalen Leben sind solche Reaktionen kaum vorstellbar. Aber vorstellbar, wenn dann die Chemie zwischen zwei Häftlingen nicht stimmte, kam es zu Gewalttätigkeiten!

Die Ironie des Schicksals war auch, dass Wolfgang einen „Sprecher" mit seiner Frau hatte, die selbst in unserem Gefängnis einsaß, und nur deshalb, weil diese beiden fanatischen Bergsteiger keine andere Möglichkeit gesehen hatten, jemals die Alpen erklimmen zu können.

Noch vor Weihnachten erhielt ich einen anderen Rechtsanwalt, dieser war vom RA Vogel in Berlin beauftragt worden, sich meiner Angelegenheit zu widmen, und mit entsprechenden Vollmachten ausgerüstet. Durch ihn wurde ich aufgefordert, mir zu überlegen, ob ich nicht bereit wäre, bei einer eventuell infrage kommenden Entlassung aus der Haft in die BRD überzusiedeln. Diese Frage hatten wir in unserer Familie sehr oft auf der Tagesordnung, weil viele unserer Freunde mittels eines gestellten Ausreiseantrags die DDR schon in Richtung „Westen“ verlassen hatten.

So verlockend die gedanklichen Vorstellungen auch waren, ich lehnte es nach wie vor ab, der DDR, meiner Heimat, den Rücken zu kehren. Obwohl mir die beiden „Westreisen“ 1985 im Dezember und 1986 im Juli genug Anlass gaben, meine Entscheidungen erneut zu überdenken, blieb es dabei, wir wollten weiterhin keine Ausreise beantragen. Hierfür gab es folgende drei Gründe:

Erstens waren da unsere in die Jahre gekommenen Eltern. Bei einer Ausreise nach der BRD hätten wir auf Jahre keine Gelegenheit bekommen, sie wieder in der DDR zu besuchen, das wäre tabu gewesen.
Zweitens: Durch mein Engagement in unserer örtlichen Landeskirchlichen Gemeinschaft (Harmoniumspieler und Fahrer für ältere Mitglieder) hätte ich eine Lücke hinterlassen.
Drittens wollte ich bei sich ergebenden Gelegenheiten immer wieder meine Mitmenschen daran erinnern, doch nicht zu vergessen, wie erstrebenswert eine deutsche Wiedervereinigung sei.

Nun stellte mich der neue Rechtsanwalt, in Untervollmacht von RA Vogel, vor eine folgenschwere Entscheidung.

Im Laufe der nächsten Verhöre wurde mir ebenfalls vonseiten des Hauptmanns nahegelegt, diese vom RA vorgeschlagene Option zu überdenken. Ich erklärte mich bereit, nachdenken zu wollen.

Bisher lag in den Verhören das mir angekündigte Strafmaß, zu wie viel Jahren ich verurteilt würde, bei maximal zwei Jahren Gefängnis.

Aber kurz vor Weihnachten teilte der Hauptmann mir mit, das gegen mich laufende Verfahren würde auf weitere Paragrafen erweitert, der Fundus durch die stattgefundene Hausdurchsuchung mache das erforderlich, jetzt ginge es dann erst richtig zur Sache! Und mit zwei Jahren wäre da nichts mehr zu machen. Dies war durchaus keine weihnachtliche Botschaft, dementsprechend tat sich vor mir der Abgrund auf. Meine bis dahin wieder mühsam errungene Fassung war im „Eimer"!

Christine hatte über den Hauptmann oder Staatsanwalt, blieb mir bis heute verborgen, erreicht, dass ich persönlich über ein Neues Testament in der Zelle verfügen durfte. Beim Sprecher vor Weihnachten hatte sie es abgeben dürfen. Nachdem der Hauptmann das Testament eigenhändig auf Fremdkörper und eventuelle Mitteilungen überprüft hatte, händigte er es mir mit einigen nachdrücklichen Äußerungen aus. Mit gehässigem Ton, oder war es Ironie?, verwies er mich auf Römer 9,1 und Römer 13:

Zum Ersten wäre ich als Christ der Wahrheit verpflichtet, zum anderen laut Römer 13 der Obrigkeit. Dies solle ich mir in Zukunft verinnerlichen und dann hoffte er, meine Aussagen kämen nur noch der Wahrheit nahe und kein Nachfragen müsste mehr sein. Bei der Wahrheitsfindung mitzuhelfen, das könnte auch gewürdigt werden.

Zum anderen sagt Römer 13 genau das aus, was mich betreffen würde: Ich hätte missachtet, der Obrigkeit untertan zu bleiben, und dafür bekäme ich eine gerechte, angemessene Strafe. Letztlich bliebe mir nichts anderes übrig, als anzuerkennen, dass sie eine von Gott eingesetzte Obrigkeit seien.

Damit hatte er mich aufs Gröbste getroffen, ein Atheist nahm für sich Zitate aus der Bibel in Anspruch, die von den Machthabern der DDR abgelehnt wurde. Mit diesen lästerlichen Reden in meinem Ohr ging es in die Zelle. Weihnachten stand vor der Tür. Die Verhöre hatten sich für das Jahr 1986 erledigt!

Vollkommen niedergeschlagen durch die „freundlichen Ratschläge" des Hauptmanns kam ich in der Zelle an. Zum Glück gab es da Wolfgang, dem ich meinen Kummer sagen konnte. Für ihn war das klar, die Stasi-Beamten hatten keine Not damit, menschenverachtende Methoden anzuwenden. Ich konnte es nicht fassen, dass der Hauptmann sich die Aussagen der Bibel zu eigen machte, um mich aufs Tiefste zu treffen, obwohl er überzeugter Atheist war. Es widerte mich an, dass er die Bibel und letztendlich Gott vor seinen Karren spannte, um sein Ziel zu erreichen, mich möglichst einer hohen Haftstrafe zuzuführen.

So nach und nach wurde die sonst draußen wahrnehmbare Betriebsamkeit immer weniger. Die Herren Vernehmer konnten sich gratulieren, hatten sie doch 1986 dafür gesorgt, wieder eine erhebliche Anzahl von Bürgern hinter Schloss und Riegel gebracht zu haben, denen man vorwarf, Feinde der DDR zu sein. Nun konnte für diese Herren ein „friedliches Weihnachtsfest" beginnen.

Meine Frau hatte beim letzten „Sprecher" eine Menge frisches Obst mitbringen dürfen. Diese Möglichkeit wurde als sogenannte „Häftlingserleichterung" gepriesen. Das meiste Obst, das die Häftlinge erhalten durften, stammte vorwiegend aus der BRD, da Südfrüchte in der DDR unter Mangelware geführt wurden. Ich erinnere mich daran, wie ein Wärter mir eine Sendung Obst aushändigte, von meiner Frau für mich abgegeben, da meinte er zu den Kiwi-Früchten: „Die Kartoffel haben wir hier selbst!"

Jeder, der über Obst verfügte, teilte dies mit seinem Zellengenossen. So hatte man eine längere Zeit Vitamine. Dank der „guten Küche" des Hauses hatte ich etwa nach zehn Wochen auch zehn Kilogramm abgenommen. Was das Essen nicht geschafft hatte, das vollbrachte Kummer und Angst! Nach geraumer Zeit stellte ich auch fest, jeden Morgen lagen auf meinem Kopfkissen sehr viele Kopfhaare. Dank der Fürsorge auch für „ständig" frische Luft bedankten sich die Haare damit.

Wolfgang hatte sich selbst eine Bewegungstherapie verordnet, indem er täglich tausend Kniebeugen absolvierte. Dafür zollte ich ihm Achtung.

Als es Heiliger Abend geworden war, empfand man die Ruhe, die sich auf den Gängen ausgebreitet hatte, wie in einem Geisterhaus. Lähmung schlich sich ein. Bevor die Dämmerung hereinbrach, gab es draußen auf dem Gang Bewegung. Durch die „Überlebensklappe" wurden zwei durchsichtige, gefüllte Plastikbeutel hereingereicht mit der ruppigen Bemerkung „Weihnachtsmann". Trotz aller widrigen Umstände, trotz aller Boshaftigkeit und Feindschaft von denen vor den Zellentüren war ich dankbar für diese Geste. Für alle Einsitzenden war das die Stunde der Wahrheit. Etliche markierten stets den starken Held, aber an jenem Tag gingen alle in sich. Eine Wiedergabe dieser Palette von Empfindungen wäre Stückwerk, deshalb beschränke ich mich darauf, dass ich ganz bewusst in Richtung Krippe „unterwegs" war. Ich las in meinem Neuen Testament die Weihnachtsgeschichte, dazu den Hoffnungspsalm 91 und betete lange Zeit für die Meinen. Alle nannte ich namentlich, Freunde und Verwandte, und flehte um Verschonung, damit keinem noch Ähnliches widerführe wie mir selbst. Das „Friede sei mit Euch", das die Engel den Hirten zuriefen, das fand auch den Weg in unsere erbärmliche Zelle.

Die nächstgelegene Kirche im Stadtzentrum läutete und rief die Menschen zur Christvesper. Bisher eine noch nie gekannte Sehnsucht bemächtigte sich meiner, diesem Ruf der Glocken Folge zu leisten, doch spätestens nach drei Metern war meine Bewegungsfreiheit zu Ende. Auf einmal hörte ich, dass irgendwo mit Blasinstrumenten Weihnachtslieder gespielt wurden. Andächtig hörten wir den bekannten Liedern zu. Am Schluss der Lieder blies man noch: „Bei Dir Jesu will ich bleiben …". Für mich war das die Antwort für mein trauriges und zerrüttetes Herz. Wenn ich auch nicht frohlocken konnte, so zog tiefer Friede in mein Herz und ich dankte meinem Gott, er hatte mich nicht vergessen.

Noch bis heute ist mir verborgen geblieben, welcher Posaunenchor von welcher Kirchgemeinde damals 1986 vor dem Gefängnis uns mit diesen Liedern Trost „zugeblasen" hat. Wenn es heute noch etwas nützt, diesen lieben „Bläsern" ein Wort des Dankes. Die Lieder hatten ihr Ziel auch durch die dicksten Gefängnismauern erreicht!

Als einzigstes äußeres Zeichen, dass Weihnachten war, hatte ich das eingeschobene Bild (Tannenzweig mit Christbaumkugel und Kerze) einer Mon-Cherie-Packung entnommen und am hinteren Ende des Tisches, mit dem Bildrücken zur Wand, aufgestellt. Diese Packung erhielt ich ausnahmsweise am letzten „Sprecher" von meiner Frau. Selbst dieser winzige Hinweis auf Weihnachten, es hätte ja ein wenig „Stimmung" verbreiten können, blieb uns nur kurze Zeit. Als wir am ersten Feiertag vom Freigang aus den berüchtigten „Schweineboxen" zurückkamen, hatten die Wärter unser Weihnachtsmotiv entfernt! Auf allen Ebenen versuchte man die politischen Häftlinge zu treffen. Die Wegnahme dieses Bildes zeigte mir aufs Neue, mit welchem Zynismus der Machtapparat die Einsitzenden spüren lassen wollte, Freiheit des Andersdenkenden gibt es nicht und wird empfindlich bestraft! Die Tage bis Neujahr verliefen träge und schleppend. Gift für die Seele, viel zu viel Zeit, um sich irgendwelche Szenarien auszumalen oder vorzustellen. Vor den Verhören fürchtete man sich, aber die langsam dahinkriechende Zeit war auch nicht hilfreich. So viel war mir inzwischen bekannt: Ohne das Urteil, das mir bevorstand, konnte ich keinen Blick in die Zukunft wagen. Erst wenn bekannt war, wie lange mein Aufenthalt im Strafvollzug sein würde, danach könnte man erst mal wieder an ein normales Leben denken. Bis zu diesem Zeitpunkt brauchte ich noch viel

Geduld und Durchhaltevermögen. An der Schwelle des neuen Jahres wagte ich es nicht, nach vorn zu schauen!

Leider kannte ich hier das Lied „Ist auch die Zukunft meinem Blick verhüllt ..." vom Diakonissenmutterhaus Aidlingen noch nicht.

Während der langsam dahingehenden Zeit versuchte ich so nach und nach mit vielen der mir vertrauten Personen gedanklich in einen Dialog zu treten. Dazu gehörte auch eine der Familien, die zu unseren Hausmitbewohnern zählte. Sie bewohnten die erste Etage. Beide Eltern waren Mitglieder der SED und aktive Genossen. Obwohl wir, unsere Familien, total gegensätzliche Ansichten hatten, entwickelte sich im Laufe von Jahren ein freundschaftliches Miteinander und Vertrauensverhältnis. Es ergab sich die Möglichkeit, dass wir über weltanschauliche, religiöse, politische Themen miteinander sprechen konnten, ohne den anderen zu verletzen bzw. Angst vor Konsequenzen haben zu müssen. Es war ein hohes Gut, das wir alle in unseren Familien zu schätzen wussten. Eine große Herausforderung, Wege zu beschreiten, die ich bis dahin für illusorisch gehalten hatte, nämlich Umgang mit Parteigenossen der SED zu pflegen. An dieser Stelle sei gesagt, eine Freundschaft, die auch die unsägliche Zeit der Bespitzelungen, Verhöre und Niederträchtigkeiten nicht auseinanderdividieren konnte. Manchen lauen Sommerabend verbrachten wir in gemeinsamer Runde. Es wurde gegrillt, gelacht, auch etwas getrunken und sich ausgetauscht über die Dinge, die man sonst nur hinter vorgehaltener Hand äußern konnte. Herr und Frau Friz waren beide in der SDAG-Wismut beschäftigt. Hier hatten sie höher dotierte Positionen inne und waren als „linientreu" bekannt. An manchen Montagen, wenn Herr Friz von der Parteiversammlung nach Hause kam, ging er dann in den Garten, nachdem er sich von einem Büromenschen in einen Arbeiter verwandelt hatte, und begann dort mit Akribie und Intensität Mengen an Holz zu hacken. Für mich ein Zeichen dafür, die Parteiversammlung hatte einmal mehr seinen Zorn hervorgerufen. Herr Friz erzählte mir eines Tages von seinem Bruder. Dieser lebe in einer größeren badischen Stadt am Rhein. Leider habe er seinen Bruder schon viele Jahre nicht mehr gesehen, weil er eine verantwortungsvolle Position habe und zusätzlich Genosse sei. Er habe eine Erklärung in seiner Firma unterschreiben müssen, worin er bestätigt, keinen Kontakt jedweder Art zu seinem Bruder zu unterhalten!

Er, Friz, erzählte mir davon, weil wir mehrmals im Jahr Besuch von Verwandten, so zum Beispiel meine Schwester mit Familie, aus dem Westen bekamen. Dabei dachte Friz immer, wie schön es sein könnte, sein Bruder käme auch zu Besuch! Aber das musste eine Wunschvorstellung bei Friz bleiben. Während des Weihnachtsbesuches 1984 meiner Schwester mit Familie in unserem Hause gab es auch einen Besuch bei Familie Friz von uns allen, dabei überreichten unsere Verwandten ein großes Paket von dem Bruder des Herrn Friz. Meine Schwester und ihr Mann hatten den Bruder vor ihrer Reise in die DDR aufgesucht und ihm erzählt, dass sie in das Haus seines Bruders nach Sachsen fahren. Deshalb die Möglichkeit des Pakets! Heute frage ich mich, warum es solcher Heimlichkeiten bedurfte?

Die DDR wollte unter allen Umständen verhindern, dass ihre Bürger sich eine Meinung bildeten, die der Staatsräson zuwiderlief!

Die Familie Friz war bei der Übergabe des Pakets so gerührt, dass auch sie solch eine Freude erleben konnten, ein „Westpaket“ in ihren Händen zu halten, das für sie ganz allein bestimmt war. An dieser Stelle sei bemerkt, die meisten Paketsendungen aus dem Westen, die für Freunde und Verwandte abgeschickt worden waren, verfehlten ihr Ziel nie, nämlich große Freude und Dankbarkeit beim Empfänger auszulösen. Bevor wir wieder in unsere eigene Wohnung gingen, gab es aus lauter Begeisterung ein gemeinsames Foto. Dieses Foto war nun der Grund, weshalb die Familie Friz mit in die Fänge der Stasi geraten war!

Nachdem sich für mich im Dezember 1985 die Möglichkeit ergab, eine Reise nach der Bundesrepublik antreten zu dürfen, bot ich Friz an, bei seinem Bruder in der badischen Stadt einen Besuch abzustatten. Die Genehmigung für diese Reise bekam ich, weil meine Schwester und ihr Mann die silberne Hochzeit feierten. Damit ich auch wieder in die DDR zurückkehrte, wurde von Amts wegen nur meine Reise genehmigt. Meiner Familie blieb das vorenthalten, wie ich es schon erwähnte. Im Laufe der zehn Tage, die ich dann bei meiner Schwester und Familie sein durfte, nahm ich auch die Gelegenheit wahr und besuchte den Bruder von Friz. Der Austausch von Gedanken hätte tagelang andauern können, weil der Bruder so wissbegierig war. Doch meine knapp bemessene Zeit verhinderte dies. Sein Bruder händigte mir noch einen Geldbetrag aus, den ich an Friz überbringen sollte. Auf dieses Überbringen freute ich mich damals sehr! Durch die Schnüffelei und konspirative Vorgehensweise des Machtapparates der „Genossen" und ihrer Helfershelfer und durch mein anhängiges Verfahren erlebte Familie Friz die gesamte Bandbreite von Gehässigkeiten, die der Staatsmacht der DDR eigen war. Ihre Firma, die SDAG Wismut, verfügte einen sofortigen Arbeitsplatzwechsel und damit einhergehende Gehaltseinbußen. Durch die Protokolle, die mir zu meinen Verhören vorgehalten wurden, konnte ich ermessen, wie oft die Familie Friz ebenfalls Verhören ausgesetzt war und unter welchen Umständen Aussagen getätigt werden mussten. An dieser Stelle sei die Frage erlaubt, wer sich für diese Ungerechtigkeiten und schikanösen Behandlungen endlich einmal entschuldigen möchte? Es soll tatsächlich heute, nach mehr als fast 20 Jahren deutscher Einheit, immer noch Leute geben, die solches Vorgehen rechtfertigen!

Das Schlimme an dieser gesamten Misere war, ich hatte diese Lawine ins Rollen gebracht! Wie stets endete so ein Ausflug in die Gedankenwelt in einem Dilemma, weil für einen Häftling kein Handlungsspielraum bestand. Lediglich stand dem Gefangenen noch das Recht zu, selbst zu entscheiden, wann er die in der Zelle befindliche Toilette aufsuchte. Wie schon erwähnt, auch immer wieder eine Überwindung, dieweil es keine persönliche Sphäre gab. Für mich eine fortwährende Erniedrigung.

In die ersten Tagen des neuen Jahres lässt sich auch folgende Begebenheit zuordnen: Es war Sonntag, die Häftlinge wurden zellenweise wieder einmal zum Duschen geführt, da geschah es plötzlich, dass einer von den Häftlingen auf dem Weg dahin laut rief: „Angie, ich liebe dich, Angie, ich liebe dich!" Daraufhin hörte man es kurz klatschen und eine Totenstille war das Ergebnis davon. Wenig später rasselte im Untergeschoß eine Tür, könnte die Arrestzelle gewesen sein, die sich dort befand.

Eine weitere Aktion fand statt, als ein „Neuer" zugeführt wurde, das heißt in die Zelle eingesperrt wurde. Er schrie mehrmals: „Lasst mich raus, lasst mich raus, ihr Schweine!" Es polterte kurz und Ruhe war. Auf einmal krachte und schepperte es auf der gegenüberliegenden Zellentraktseite. Der „Neue" machte Klarschlag in seiner Zelle. Es klirrte das Waschbecken, vielleicht auch das WC, konnte man nur vermuten. Dann warf er die Holzhocker umher und gegen die Zellentür. Für uns Alteingesessene ein willkommenes „Hörspiel", leider für den „Neuen" überhaupt nicht amüsant, denn kurze Zeit darauf holte man ihn ab. Er jammerte auf dem Weg in den Arrest.

Das neue Jahr begann für mich mit einem Paukenschlag. Die Anklage gegen mich wurde erweitert auf staatsfeindliche Hetze mit Aufwiegelung.

Das zu erwartende Strafmaß konnte sich je nach Schwere auf bis zu acht Jahren belaufen. Bei dieser Vorstellung knickte ich erst einmal ein. Der Mut zum Leben war wieder einmal wie weggeblasen und meine hintere, obere Zellenecke visierte ich mehr denn je an, um dort wieder Gott zu „treffen". Die nun folgenden Verhöre waren keine Spaziergänge mehr und ich bemerkte, wie mein Erinnerungsvermögen manch undichte Stelle aufwies. Das war keine Absicht von mir, doch der

Hauptmann glaubte mir nicht und ermahnte mich an die Bibelstelle in Römer 9,1.

Bei der erfolgten Haussuchung im Zuge meiner Inhaftierung hatte man für die Erweiterung meiner Anklage „brauchbares Material" gefunden. Nach dessen Auswertung musste der Hauptmann jetzt Nägel mit Köpfen machen. Bei den vormittäglichen Verhören lief stets ein Magnetband mit, um die Aussagen immer wieder abspielen zu können. Oft bat ich dann um Nachbesserung, wenn der Hauptmann seine Version in die Schreibmaschine tippte. Dabei kam es ab und an zu ziemlichen Kontroversen.

Bei der stattgefundenen Haussuchung beschlagnahmte man unter anderem meine beiden Tagebücher, Adressenverzeichnisse, einen Reisepass der Bundesrepublik Deutschland, ausgestellt auf meinen Namen, diverse Kopien von von mir geschriebenen Briefen an bundesdeutsche Politiker, die ich auch abgeschickt hatte, eine Menge verschiedener Fotos und Dias, Bücher und auch das Foto, das zu Weihnachten 1984 bei Familie Friz aufgenommen worden war. Des Weiteren Briefe jeglicher Art, die ich von Freunden erhalten hatte. Aus diesem Fundus heraus nahmen die Verhöre an Härte zu, dabei war mir klar, das konnte unter normalen Bedingungen kein gutes Ende nehmen. Die ganze Taktik war darauf angelegt, eine Anklageschrift gegen mich zu erstellen, die die Schwere meines „Vergehens" untermauerte, um mir damit ein entsprechend hohes Strafmaß zu sichern.

Bei allen vorausgegangenen Verhören gab es doch hin und wieder kleine Möglichkeiten, der Schwere der Anschuldigungen die Spitze zu nehmen. Ab sofort lagen jetzt die Beweise auf der Hand, von mir selbst geliefert. Ein leichtes Spiel für den Vernehmer, mich in die Enge zu treiben und dabei meine Erbärmlichkeit spüren zu lassen.

Meine beiden Tagebücher waren die Hauptfundgrube dafür, wessen man mich nun beschuldigte. Hier hatte ich niedergeschrieben, was mich von früher Jugend an beschäftigte:

Ungerechtigkeiten, die ich in der Schule vonseiten der Lehrer erfuhr, nur weil ich nicht in den Jungen Pionieren war, nicht in der FDJ, keine Jugendweihe hatte.

Verlassenheit, weil meine Schwester 1956 in den Westen ging, danach ein Wiedersehen lange nicht möglich war, weil die kommunistischen Machthaber in der DDR die eigene Bevölkerung wie in einem großen Gefängnis hielten.

Mein Gerechtigkeitssinn, der angestachelt wurde durch eine Rede von Willy Brandt an einem Tag der Arbeit (Datum ist mir entfallen) und meine eigene dazu verfasste Stellungnahme.

Meine Traurigkeit darüber, dass die Christen in der DDR vielmals Nachteile in Kauf nehmen mussten, wenn sie das verbriefte Recht zur Religionsausübung wahrnahmen.

Der rote Faden, der in meinen Niederschriften zu erkennen war, lehnte eine staatlich verordnete Diktatur ab und wünschte eine Demokratie herbei, in der das Recht auf Freiheit und persönliche Integrität oberste Maxime sein sollte.

Ein Herzensanliegen verkörperte sich in meinem Wunsche: Deutschland ein einiges Vaterland!

Die staatlich vorgeschriebene „Freundschaft" zur Sowjetunion empfand ich besonders schmachvoll zum Tage der Kapitulation am 8. Mai, der in der DDR stets als Tag der Befreiung gefeiert wurde. Dabei gibt es nichts an der Schuldfrage der Deutschen unter Adolf Hitler zu rütteln, aber 30 Jahre nach Beendigung des Zweiten Weltkriegs konnte man die Sowjets nicht mehr als Befreier akzeptieren, sondern bei mir waren es Besatzer geworden. In vieler Hinsicht war die Sowjetunion Nutznießer der Wirtschaft der DDR. Erst Michail Gorbatschow änderte dieses Verhältnis!

Meine beiden Tagebücher waren in häufigen Situationen das Überdruckventil für mich, besonders das zweite Buch!

Zu allen diesen Themenbereichen wurden umfangreiche Verhöre durchgeführt, was mich letztendlich zum Verbrecher abstempelte und die Grundlage für eine Verurteilung nach Paragraf 106 und 108 und 63 des StGB der DDR zur Folge haben sollte. Auf staatsfeindliche Hetze mit Aufwiegelung war nun die neue Verhörstrategie ausgerichtet. Aufwiegelung deshalb, weil ich hinter vorgehaltener Hand mit mir befreundeten Menschen darüber gesprochen hatte.

Um das zu erhärten, bestellte man jene Personen wieder in die „Stasi-Behörde" ein, damit sie weitere belastende Aussagen gegen mich tätigten.

Später, nach meiner Freilassung, erzählte man mir, dass man einem Verwandten gedroht hatte, sein Ladengeschäft zu schließen, wenn er keine Aussagen gegen mich machen würde.

In einem Vernehmungsprotokoll von eben diesem Verwandten wurde mir vorgehalten, er wolle keine weiteren verwandtschaftlichen Verbindungen mehr zu mir pflegen, solange ich nicht bereit wäre, meine Meinungen zu ändern. Wie weit die Aussagen der Zeugen immer authentisch waren, konnte ich nie nachprüfen. Der Verdacht, man könne Aussagen vonseiten der Stasi manipuliert haben, drängte sich oft genug auf!

Dieses Protokoll über die Aussagen eines nahestehenden Verwandten war für mich ein erneuter Schlag unterhalb der Gürtellinie und machte mich tieftraurig.

In solchen Konstellationen verstand ich die Welt nicht mehr. Die Tücke der Machthaber gebar fortwährend neue Auswüchse. Sie dienten dazu, uns „unschuldig" Einsitzende zu demoralisieren. Eine Praxis, mit der die Despoten schon jahrzehntelange Erfolge feierten. Immer dann, wenn sie einen politischen Häftling zum Einknicken gebracht hatten oder gar zur Zusammenarbeit mit ihnen vereinnahmen konnten, dann war das Ziel ihrer Zersetzung erreicht und die Herren der Stasi konnten sich die Hände reiben.

Bei den Vernehmungen, wie sie im Sprachgebrauch der Stasi-Leute genannt wurden, ging es jetzt bei mir Schlag auf Schlag. Es wurde eine lückenlose Erklärung gefordert, wieso ich als DDR-Bürger im Besitz eines Reisepasses der Bundesrepublik Deutschland war. Die Begründung war sehr einfach: Weil die BRD zum Glück die DDR nicht völkerrechtlich anerkannt hatte, gab es für Bürger der DDR, wenn sie besuchsweise im Westen sein konnten, die gleiche Akzeptanz, als wären sie Bürger der BRD.

Aus diesem Grund erhielt ich auf meinen Antrag hin auch einen Reisepass, mit dem ich hoffte, sollte es wieder einmal eine besuchsweise Reise zu meiner Schwester geben, diesen Pass auch für angrenzende Staaten benutzen zu können. Wie zum Beispiel für eine Tagesfahrt nach Frankreich, Österreich oder der Schweiz. Vom Bundesland Baden-Württemberg aus absolut keine Kunst. Doch da hatte ich mir einen Bärendienst erwiesen, weil ich damit die Hoheitsrechte des „souveränen" Staates DDR untergraben hatte.

Bei der zweiten Besuchsreise nach dem Westen im Frühsommer 1986 erlaubte ich mir, nachdem die innerdeutsche Grenzkontrolle durch DDR-Grenzsoldaten erfolgt war, bei der Ausfahrt des Zuges aus dem Bahnhof Gutenfürst die innerdeutschen Grenzanlagen zu fotografieren. Die Fotos sollten mir als Beweis dazu dienen, bei Gesprächen belegen zu können, dass die DDR-Bürger im eigenen Land wie in einem großen Käfig gehalten wurden. Diesen Anblick von meterhohen Gitter-und Stacheldrahtzäunen konnten nur jene Leute sehen, die gnädigerweise eine befristete Ausreise aus der DDR in Richtung Westdeutschland von den Behörden erhalten hatten. Dieser Personenkreis bezog sich zum überwiegenden Teil auf DDR-Rentner und damit wenigen Menschen im jüngeren Alter. Heute noch erinnere ich mich daran, welch beklemmendes Gefühl mich bei diesem Anblick beschlich. Aber für wenige Tage hatte ich Genehmigung bekommen, dieses große Gefängnis zu verlassen. Bei meiner Rückkehr von dieser Reise, bei der Wiedereinfahrt in den Grenzanlagensperrbereich überkam mich ein Gefühl der Übelkeit. Nur die Freude auf meine Familie, auf das Wiedersehen mit ihr half mir, die Fassung zu bewahren! Nun wollte man mir diese Fotos zur Last legen wegen Spionagetätigkeit, doch das rief meinen Widerstand hervor. Schließlich fuhren tagtäglich mehrere Züge über die innerdeutsche Grenze, wer wollte und sich traute, der konnte nach Ausfahrt des Zuges in den Westen Foto auf Foto „schießen". Des Weiteren musste ich mich wegen Spionagetätigkeit verantworten angesichts mehrfacher Delikte, unerlaubte Kontaktaufnahme durch abgesendete Briefe an bundesdeutsche Politiker und persönliche Gespräche im Hause des Ministers, bei dem ich mit meinem Freund war, als wir nach dem Gottesdienst damals eingeladen waren. Von den Örtlichkeiten und Räumlichkeiten des Hauses, in dem der Minister wohnte, musste ich unter Zwang, das heißt unter Androhung eines höheren Strafmaßes, wenn ich nicht bereit wäre, Angaben zu machen, Skizzen anfertigen. Diese Informationen, da war ich mir im Klaren, sollten hilfreiche Dienste leisten bei den damaligen Agenten der DDR, die im Westen auf Horchposten waren.

Diese Preisgabe meinerseits beunruhigte mich kolossal, deshalb informierte ich die westlichen Nachrichtendienste sofort nach meiner Ankunft im Aufnahmelager darüber.

Mehrtägige Verhöre und ständig wiederkehrende Fragen zu meinem Adressenverzeichnis folgten dann. Hierbei musste ich Angaben zu allen aufgeführten Namen und deren Adressen anfertigen. Um in solchen Fällen Recherchen anzustellen und dabei zu überprüfen, ob die Angaben eines „Beschuldigten" stimmten, die er unter Druck, Angst und Zwang ausgesagt hatte, bedurfte es eines Heeres von Stasi-Mitarbeitern, die immer auf „Achse" gewesen sein mussten, um Nachforschungen zu betreiben.

Von sehr großem Interesse für die Stasi war mein Bekannter aus Neu-Delhi. Mit ihm freundete ich mich an, als er in der

Firma, in der ich zu dieser Zeit beschäftigt war, auf Einladung der DDR sozialistische Wirtschaftsführung kennenlernen sollte.

Er stammte aus einer Unternehmerfamilie, die in Neu-Delhi eine Firma besaß, deren Produktion altertümliche Waffen waren. Mein Freund Ravish verhalf mir damals schon mit seinem Wissen, über den „Tellerrand" meines DDR-Verständnisses hinauszudenken. Nach ca. drei Jahren verließ er die DDR wieder in Richtung Indien, indem er über Warschau nach Moskau flog, von da ab mit der transsibirischen Eisenbahn nach Taschkent fuhr und weiter mit dem Flugzeug über Kabul nach Neu-Delhi. Viele seiner Erlebnisse auf dieser Tour schilderte er mir in mehreren Briefen von zu Hause. Diese Briefe waren so köstlich zum Lesen, sein Deutsch mit Englisch vermischt und dazu gespickt mit Feststellungen, die zum Schmunzeln verleiteten.

Viele seiner Sätze sind mir bis heute haften geblieben, darunter jener, ich zitiere: „Nachdem ich in der DDR war („dein geliebtes Land"), bin ich nach hier in die Sowjetunion gekommen, in den Kommunismus, das ist so schlacht (schlecht) wie Schei…"

An solchen und ähnlichen Sätzen erhitzte sich das „lautere Gewissen" derer, die über die Staatsräson zu wachen hatten, und damit gelangte mein Freund Ravish ins Visier der Mächtigen. Einen weiteren Freund mit Familie hatten wir in der Slowakei, kennengelernt am ungarischen Plattensee 1969. Mit jener Familie hatten wir intensiven Kontakt. Wir schrieben uns, wir besuchten uns. Stefan hatte beruflich gelegentlich in unserer Stadt zu tun. Bei solchen Gelegenheiten besuchte er uns. Bei einem von diesen Besuchen sprachen wir über den damaligen „Prager Frühling" 1968. Dies war der Versuch der Tschechoslowakei gewesen, dem Kommunismus ein menschlicheres Gesicht zu verleihen. Dieser Versuch unter Alexander Dubcek war zum Scheitern verurteilt, weil die Sowjetunion dies mit Waffengewalt beendete, und an dem Einmarsch beteiligten sich auch Truppen der Nationalen Volksarmee der DDR.

Ich musste mir von Stefan den Vorwurf anhören, wieso wieder deutsche Truppen in die Tschechoslowakei einmarschierten, obwohl unter Adolf Hitler genug Unrecht durch Deutsche schon geschehen war. Über die uns befreundete Familie aus der Slowakei und deren politische Einstellung, bezüglich auch des stattgefundenen Gesprächs zum Einmarsch, musste ich Aussagen tätigen.

Des Weiteren über alle jene Personen aus dem nicht kommunistischen Machtbereich, dazu gehörten Verwandte, Freunde und jene, mit denen ich nur Brieffreundschaften unterhalten hatte. Über alle Personen musste ich ein Dossier verfassen, das aussagte, welche politische Haltung jemand einnahm, welche finanziellen und sozialen Hintergründe anzutreffen seien und in welchem Umfang die Kontakte erfolgt waren.

Diese Entblößung meiner bzw. unserer gesamten privaten Sphäre hielt wochenlang an und stürzte mich in einen tiefen, mentalen Abgrund.

In meinen morgendlichen Gebeten flehte ich zu Gott um Kraft nur für den einen Tag, der wieder im Entstehen war. Das allein machte es möglich, der Resignation, der Hilflosigkeit, der Traurigkeit, dem Ausgeliefertsein etwas entgegenzusetzen.

Selbstverständlich wurde ich auch nicht verschont, meine eigenen Verwandten und Freunde, die in der Bundesrepublik wohnten, der Stasi bekannt zu machen, sofern denen nicht bereits Erkenntnisse vorlagen!

Weil ich bei meinen zwei Besuchsreisen nach dem Westen keine Chance auslassen wollte, zu fotografieren, war die Ausbeute dementsprechend groß. Bei den danach erfolgten Zusammenkünften im Familienkreis, teilweise auch unter Kollegen, zeigte ich die Fotos herum und versah sie mit entsprechenden, dazugehörigen Kommentaren. Viele andere Fotografien bzw. Dias aus meinem Archiv wurden mir vorgelegt und dazu gezielte Fragen gestellt.

In jenen Monaten Januar und Februar des Jahres 1987 war es bitterkalt, die nächtlichen Außentemperaturen lagen häufig bei Minus 25 Grad, die Tagestemperaturen bei Minus 12 Grad. Die Zelleninnentemperatur ging stetig weiter zurück, der einzige Heizkörper, den wir in der Zelle hatten, strahlte nur einen Hauch von Wärme ab. Schätzungsweise hatten wir eine Temperatur von ca. Plus 12 Grad. Die derben Holzschemel stellten wir an den Heizkörper und saßen in eine Decke gehüllt davor. Der morgendliche Freigang wurde zu einer „Zitterpartie". Man konnte es ablehnen, mitzugehen, aber die Aussicht auf frische Luft war dann dahin. Der Eindruck, den ich hatte, je kälter es draußen war, umso länger hielt man uns in den „Schweineboxen" gefangen, wurde mir später auch von anderen Häftlingen bestätigt. Aus der Kälte an die lauwarme Heizung, das kam gut!

Der Hauptmann fragte mich einmal in seiner „fürsorglichen" Art, wir würden doch nicht etwa frieren in der Zelle? Die Antwort darauf erübrigte sich von selbst. Im Januar besuchte mich Christine wieder. Es fand der im Stasi-Deutsch genannte „Sprecher" statt. Für die „Herren" Läufer und Bewacher stets eine willkommene Abwechslung. Hier zeigten die Häftlinge Nerven, da ging es an die Substanz, weil in solchen Momenten die Gefühle nicht mehr beherrschbar waren. An den „zerbrochenen Herzen" der Gefangenen ergötzte sich vorher genannter Personenkreis. Von allen Beschäftigten, die ich dann langsam kannte, gab es für mich nur einen Schließer, den ich „leiden" konnte. Aber dieser Mensch war mit seinem Schicksal sicher nicht zufrieden, denn sein Atem roch fortwährend nach Alkohol, er ersoff sicherlich seine Probleme. Das Wiedersehen mit Christine war für eine halbe Stunde so eine Zeit, wie ein Wanderer benötigt, um nach langer Tour sich auf einer Bank am Waldesrand, an einem schattigen Plätzchen auszuruhen und neue Kräfte zu sammeln für den Weitermarsch.

Meine Frau erzählte mir von den zusätzlichen, erforderlichen Arbeiten, die die Kälte mit sich gebracht hätte, und berichtete mir, dass sie zu mitternächtlicher Stunde die Feuerwehr rufen musste, weil der Schornstein gebrannt hatte. So gern, wie ich mich allen Aufgaben gestellt hätte, mein Platz war bis auf Weiteres hier im Gefängnis.

Worüber ich froh war, dass Wolfgang noch immer mein Mitinsasse sein konnte, aber unsere gemeinsame Zeit ging bald zu Ende, denn Wolfgangs Gerichtstermin, die Verhandlung seines Falles und der Fall seiner Frau, stand kurz bevor.

Anfang Februar musste die Gerichtsverhandlung von Wolfgang und seiner Frau gewesen sein. In meiner Erinnerung ist das Bild haften geblieben, wie ich dem aufgeregten und zitternden Wolfgang die Schnürsenkel seiner Schuhe gebunden habe, bevor er von der Wachtruppe abgeholt wurde. Noch in der Zelle legte man ihm Handschellen (goldene Acht, so der Sprachgebrauch) an und verbrachte ihn dann ins Gerichtsgebäude. Das Gericht befand sich in unmittelbarer Nähe des Gefängnisareals.

Bei der Wiederkehr von seiner Verhandlung sah er sehr angegriffen aus. Da stellte ich mir vor, wie das wohl bei mir einmal sein würde. Sein Urteil lautete wegen versuchter Republikflucht in Tateinheit mit seiner Frau zwei Jahre und drei Monate Gefängnis. Seine Frau bekam etwas weniger an Strafmaßhöhe, weil sie nicht der Organisator und Rädelsführer dieser geplanten Republikflucht gewesen war.

Am 10. Februar wurde Wolfgang aus unserer gemeinsamen Zelle abgeholt und auf den Transport vorbereitet, der ihn dann in den richtigen Strafvollzug bringen würde.

Wir umarmten uns kurz, dann war ich allein in der Zelle. Bekümmert blieb ich zurück. Zweifache Sorge bemächtigte sich meiner. Ob Wolfgang mit den neuen Verhältnissen klarkommen würde. Keiner von uns hatte davon Vorstellungen, mit welchen Sachverhalten man zukünftig im Strafvollzug leben werden müsse. Die Bangigkeit, welcher Typ von Häftling nun mein neuer Zellengenosse würde, würgte in meiner Halsgegend.

Noch am gleichen Tag gab es den Neuling Frank W. Der Neue war ein weitaus jüngerer Mann als ich. Mit ihm zog für einige Wochen das Chaos bei mir ein. Die angenehme Atmosphäre, soweit man im Gefängnis davon sprechen konnte, die mich mit Wolfgang verband, die war mit einem Schlag dahin. Hinzu kam auch noch, dass ich vermehrt an meine liebe Mutter denken musste, die bald ihren Geburtstag begehen sollte. An eine Feier dachte daheim keiner, erst recht nicht meine Mutter, trug sie doch Sorge um mich. Stellte mir wiederholt vor, wie sich ihre kleinen arbeitsgewohnten Hände zum Gebet schlossen. Mit wie viel Seufzen wird sie ihre Gebete vor Gott ausgebreitet haben?

Der Neue war ein seltsamer Zeitgenosse, dessen Eigenarten mir baldigst mein Zellendasein zur Qual werden ließ. Unterhaltungen konnten wir bedingt führen, aber sein Verhalten, sein Benehmen musste ich als asozial anerkennen. Mit ihm platzierte man mir einen Menschen vor die Nase, dessen „Aufgabe" es war, mich auf kommende Zeiten im „Knast" vorzubereiten. Ob es sich tatsächlich um eine infame Absicht meiner Peiniger handelte, den W. in meiner Zelle zu postieren, konnte ich nicht mit Bestimmtheit sagen. Dies anzunehmen hatte ich allen Grund, weil bei der Beschwerde, die ich bei meinem Hauptmann vorbrachte, er keinen Grund für eine Änderung der Zellenbelegung sah. Im Gegenteil sah ich ihm an, es bereitete ihm Freude, mich wieder einmal demütigen zu können. Es fiel mir ohnehin schwer, den Hauptmann gänzlich zu beurteilen, weil er mitunter sogar menschliche Züge ans Tageslicht beförderte, aber im nächsten Fall war er wieder der eiskalte, unbarmherzige, erfolganstrebende, über Leichen gehende, kaltschnäuzige Peiniger!

Eines Tages erlaubte ich mir, ihn zu fragen, ob er verheiratet sei und Kinder habe, darauf antwortete er mit ja. Meine nächste Frage lautete dann, ob er sich im Klaren sei, unschuldige Menschen ans Messer zu liefern, wie zum Beispiel mich, der ich Vater von drei Söhnen wäre? Agitieren Sie mich nicht, war seine knappe und kalte Antwort!

Auf jeden Fall konnte ich meinem Problem Frank W. nicht ausweichen. So wie jeder am Abend sich nach getaner Arbeit auf seinen Feierabend rechtmäßig freut, so harrte meiner nach entnervenden Verhören eine weitere Tortur, nämlich das asoziale Verhalten des W. Mit keinem Häftling bisher geschah es, dass mehrmals am Tag das WC für ein größeres „Geschäft" benutzt wurde. Er tat es mit Begeisterung! Zusätzlich spülte er nicht sofort, sodass die Geruchsbelästigung aufs Unerträgliche anstieg. Nach kurzer Zeit begann er regelmäßig zu onanieren, die Schließer draußen freute es, hatten sie doch etwas zum „Glotzen". Das eine Taschentuch, das wir für 14 Tage bekamen, war bei ihm ein Universalauffangmittel. Oft behandelte er seine Fußnägel dergestalt, dass er sie mit seinen Fingernägeln herauskatapultierte, natürlich blutete es dann wie toll. Das Taschentuch war gefragt. Nach Tagen war es eines seiner großen Vergnügen, wenn Nachtruhe angesagt war, dann stand er urplötzlich auf, drehte mir seinen Po zu und ließ mir seine Abluft voll ins Gesicht. Mit diebischer Freude legte er sich wieder auf seine Pritsche und mimte den Unschuldigen. Ich ermahnte ihn, dies zu unterlassen. Nach mehreren Wiederholungen dieser zutiefst menschenunwürdigen Verhaltensweise drohte ich, ihm die „Lissi", sprich WC-Bürste, ins Gesicht zu drücken, falls er seine obszönen Handlungen mir gegenüber nicht sofort einstellen würde! In diesem Punkt war ich nicht in der Lage, nach dem Grundsatz zu handeln: Schlägt dich einer auf die Wange, halte ihm auch die andere hin. Beim nächsten „Gasangriff" habe ich meine Drohung ausgeführt. Von da an hatte ich diesbezüglich Ruhe. Dennoch war mir bange davor, denn wäre es zu einer Rauferei gekommen, hätte dies verschärften Arrest für uns bedeutet. So profan wie es klingt, aber auch das habe ich meinem Gott vorher geklagt. Dieses Unheil, wieder seine ordinären Düfte einatmen zu müssen, blieb mir vorerst erspart. Ich schätzte ihn als naiven, dummen, schlecht erzogenen Menschen ein. Das erste Mal in meinem Leben, dass ich solch eine Einschätzung vornehmen musste!

Während des sonntäglichen Duschens, logischerweise kein „Tageslichtbad", gab es drei Duschköpfe, die nur Rinnsale von Wasser durchließen. In dieser Duschzelle stand auch eine ominöse, unsaubere Badewanne. Weil dem W. der Wasserdurchlauf in der Brause zu gering war, drehte er den Wasserhahn über der Wanne auf und zeigte damit an, er benutze jetzt die Wanne. Damit ergab sich automatisch ein Wasserstopp an den Duschen. Ohne auf mich Rücksicht zu nehmen, setzte er sein Badevergnügen fort! Diese und weitaus schlimmere Verhaltensweisen von Strafgefangenen sollte ich erst noch erfahren!

Es gab auch Zeiten,, in denen Frank normale Reaktionen zeigte, in solchen Momenten waren vernünftige Unterhaltungen mit ihm möglich. So teilte er mir mit, weshalb die „Ordnungsmacht" ihn „verknacken" werden würde. Sein Vergehen bestand darin, dass er sich mit den Vorbereitungen für seine eigene Flucht aus der DDR beschäftigt hatte und man ihm dabei auf die Schliche gekommen war. Dies gab er vor und mir blieb nichts anderes übrig, als ihm zu glauben. Ein Misstrauen nährte ich dennoch in meinem Herzen diesbezüglich, er wäre für mich von denen da draußen zum Maulwurf gemacht worden, um mich auszuhorchen. Vieles sprach dafür, einiges auch dagegen. Mein Entschluss stand fest, mich nicht von ihm provozieren zu lassen. Über die Hintergründe zu meiner Inhaftierung schwieg ich mich aus, lediglich dass ich wegen staatsfeindlicher Hetze und Aufwiegelung ein Verfahren an den Hals bekommen würde. So nach und nach gab er Dinge von sich preis, die ich nun glauben mochte oder nicht. Wie gesagt, der Mensch war nicht durchschaubar, vielleicht auch eine Art von Selbstschutz, wer wollte und konnte das nachprüfen? Er gab vor, in einem Betrieb im Erzgebirge, der Kühlschränke produzierte, Kraftfahrer gewesen zu sein. Seine Aufgabe war es, die Herren der Geschäftsleitung zu fahren, dabei war es selbstverständlich, dass er selbst Genosse, also Mitglied der SED, war. Weil ich ihm bekannt hatte, dass ich an Gott glaube, bekannte er, eine Menge zu wissen von dem, was in der Bibel stünde. Dieses Wissen hätte er sich im Selbststudium zu Hause aneignen müssen, immer dann, wenn er an Schulungen und Lehrgängen der Partei teilnehmen musste. Ziel und Zweck war es, dass die Genossen im Umgang mit Christen nicht ohne Argumente in Gespräche gingen. Das erklärte mir dann auch, wieso mein Hauptmann so „bibelkundig" war, jedoch seine Urteilskraft stelle ich heute sehr infrage. Unter den zwanghaften Bedingungen, denen ich während seiner Machtausübung auf mich ausgesetzt war, musste ich mir diese „Gehirnwäsche" gefallen lassen.

Frank W. hatte sich für seine Republikflucht detailliertes Landkartenmaterial besorgt, um gezielter seine Vorbereitungen für einen Grenzdurchbruch zu planen. Für diese Aktion wollte er einen dafür geeigneten Lkw aus seinem Betrieb entwenden und die innerdeutschen Grenzsperranlagen damit überwinden. Das Kartenmaterial habe er stets in seinem eigenen Pkw aufbewahrt. Ob jemandem sein Verhalten zu auffällig vorgekommen ist, wusste er nicht zu sagen, jedenfalls musste wer davon Wind bekommen haben und schickte die Stasi zu ihm. Bei der Durchsuchung des Pkws kamen dann die Landkarten zum Vorschein mit den markierten Stellen eines möglichen Grenzdurchbruchs. Das wurde ihm angelastet, nun saß er im „Knast".

Was mich sehr verwunderte, sein Gerichtstermin wurde schneller anberaumt als erwartet. Seinen Wunsch, nach der Bundesrepublik abgeschoben zu werden, hielt er aufrecht.

Der Hauptmann teilte mir Ende Februar mit, er müsse auf einige Zeit andere Aufgaben erfüllen. Weil es zeitlich auf die Leipziger Frühjahrs-Messe zuging, glaubte ich zu wissen, was der Herr Hauptmann für Aufträge zu erledigen hatte. Er und viele seiner „Stallgefährten" dienten dem Ministerium für

Staatssicherheit mit größter Akribie an diesen Messetagen, auch schon in der Vorbereitung dieses Geschehnisses. Hier traf sich die „ganze“ Welt. Nichts durfte unbeobachtet bleiben und vielleicht gingen dabei noch etliche „dicke Fische“ ins Netz. Bei solchen Einsätzen konnten sich die Herren der Stasi als „wahre Söhne“ des Arbeiter- und Bauernstaates beweisen. Die sogenannten „Kundschafter des Friedens“, die außerhalb der DDR operierten, konnten dann ihr gesammeltes Wissen an ihre im Inland tätigen Kollegen weitergeben.

Für diese Zeit seiner Abwesenheit musste ich eine Einschätzung meines Betriebs (Firma) anfertigen. Zu diesem Zweck wurde ich täglich nach dem Freigang (Schweineboxen) in eine nicht belegte Zelle gesperrt mit einem durchnummerierten Schreibblock und Bleistift. Hier sollte ich meine Einschätzung zu Papier bringen.

Diese Aufgabe erschien mir zum ersten Mal in diesem „Haus“ sinnvoll. Obwohl mir mein Beruf und die damit verbundenen Tätigkeiten stets Freude und Erfüllung bereiteten, hatten die letzten Jahre so einiges an nicht nachvollziehbaren Entscheidungen seitens der Firmenleitung gezeigt. Maßnahmen, die vielen Kollegen das Engagement für den Betrieb nicht mehr sinnvoll erscheinen ließ. Die Unmutserklärungen mancher Kollegen erfuhr man aber nur hinter vorgehaltener Hand. Ganz offiziell wollte deshalb keiner Stellung nehmen. Wie es für DDR-Verhältnisse Usus war, die Jasager bestimmten das Feld und damit sanktionierte man die Vorgaben der staatlichen Leiter.

Die gewerkschaftlichen „Rechte“ der Mitarbeiter standen wie immer auf dem Papier. Die Vertreter der kommunistischen Einheitsgewerkschaft verstanden sich als Sprachrohr der Partei und deren Ideologie. Selbst in unserem Betrieb, der in der DDR konkurrenzlos sich der Produktion und Wartung von elektronischen Datenverarbeitungsanlagen widmete, wurden unsinnige Anweisungen gegeben. Das führte zum Beispiel auch dazu, dass die Firmenfahrzeuge ein monatliches Treibstofflimit vorgegeben bekamen. Wir, die wir im Kundendienst beschäftigt waren, konnten ohne Fahrzeuge kaum unseren Aufgaben nachkommen. Wenn das monatliche Limit erschöpft war, hieß es dann, ab sofort öffentliche Verkehrsmittel zu benutzen. Um diesen Irrsinn zu umgehen, setzten einige Kollegen ihre privaten Kraftfahrzeuge für die Firma ein. Fahrzeuge, für die man zehn Jahre und länger warten musste, bevor die Auslieferung erfolgte.

So schrieb ich denn einige Wochen diesen Bericht über meine Firma aus der Sicht eines langjährigen Mitarbeiters. Darin prangerte ich falsche Anweisungen, törichte Vorgehensweisen, schlechten Informationsfluss, mangelhafte Ausrüstung der Techniker mit Werkzeugen, Messmitteln und Ersatzteilen und verbesserungswürdigeren Umgang mit den Mitarbeitern an. Ich konnte es nicht unterlassen, die Verantwortung für diese Misere den staatlichen Leitern anzulasten. Inwieweit meine Ausführungen beachtet worden sind, konnte ich natürlich als Häftling nicht in Erfahrung bringen, auch nicht, wie die staatlichen Leiter unter Druck geraten sein konnten. Weil aber die Herren fast ausnahmslos Mitglieder der SED waren, erwartete ich keinerlei Auswirkungen für die „Steigbügelhalter" der kommunistischen Planwirtschaft.

Als „mein" Hauptmann wieder von seinem Einsatz „Leipziger Messe" zurück war, traten wir in die letzte Phase der Verhöre und dem Erstellen von Protokollen ein. Aus allen diesen Protokollen musste nun der Staatsanwalt die Anklageschrift formulieren, zwischenzeitlich war das ein ansehnlicher Aktenberg geworden. Unterbrechungen gab es nur noch durch Briefeschreiben nach Hause bzw. Lesen der Briefe, die ich von zu Hause bekam. Die Inhalte dieser Briefe erschöpften sich darin, dass wir uns gegenseitig aufmunterten, meistens anhand von Bibelstellen, einfach zu signalisieren, unser familiäres Verhältnis war ungebrochen. Außer den Worten meiner Frau, die mir stets für einige Zeit das Gefühl von Geborgenheit gaben, waren es auch vielmals die Zeilen meiner drei Jungs, die ihren

Vater durch ihre gezeigte Solidarität motivierten, nicht aufzugeben und zu resignieren. Zeichen der Solidarität setzte auch Bertram, ein Angehöriger unseres Familienclans. Seine Firma befand sich in der Nähe des Gefängniskomplexes. Mehrere Male hörte ich in diesem Zeitraum seine originelle Melodie, die er pfiff, wenn er am Gefängnis entlanglief. Somit konnte er mich grüßen, das berührte mein Empfinden kolossal. Allerdings konnte ich es nur dann hören, wenn ich in dem Zellentrakt lag, der der Straße und dem Fußweg zugewandt war. Lag ich zur Hofseite hin, erreichten mich die Schallwellen nicht.

Mein kleines, grünes Neues Testament begann ich bereits das zweite Mal von vorn zu lesen. Alle die wichtigen und für mich tröstlichen, verheißungsvollen Worte und Texte konnte ich nur mit dem Fingernagel meines Daumens kenntlich machen, dieweil die Häftlinge keine Schreibutensilien besitzen durften. Es gab keine Möglichkeit, sich seinen Kummer von der Seele zu schreiben.

Von den alten „Hasen", die schon länger einsaßen, wurden wir angelernt, wie man sich Kartenspiele selbst bastelte. Kartenspiele waren verboten. Mensch ärgere dich nicht, Schach, Halma und Fang den Hut bekam man auf Anfrage, musste sie aber nach Beendigung der Spielzeit zurückgeben.

Um ein Kartenspiel mit 32 Karten herzustellen, nahmen wir die Vorder- und Rückseiten von Zigarettenschachteln. Dann feuchteten wir eine Streichholzkuppe an und malten mit ihr so lange wie möglich Zahlen und Bilder auf die Pappen, bis nach vielen Tagen uns ein komplettes Spiel vorlag. Doch die Freude währte meistens nicht lange, denn nach den Freigängen, wenn man unsere Zellen durchsuchte, wurde das Kartenspiel beschlagnahmt. Dann begann alles wieder von Neuem.

Einfach erwähnenswert ist auch die Tatsache, dass die meisten meiner Zellengenossen bis zu meiner Verlegung nach Cottbus durchweg das Verlangen hatten, in meinem Neuen Testament zu lesen. Da mir das aber bei Strafe verboten war, legte ich das kleine Grüne immer unter mein so was Ähnliches wie Kopfkissen. Von da war es keine Kunst, sich das Testament zu holen, wenn ich nicht in der Zelle war wegen der Verhöre. Natürlich musste der Leser die Bibel in ein anderes Buch zur Tarnung innen hineinlegen.

Während der letzten Tage, bevor die Verhöre zu Ende waren, fragte mich der Hauptmann, welches Ziel ich vor Augen hatte, ehe ich verhaftet worden sei. Ich entgegnete ihm etwa so: „Durch mein Werben für ein menschlicheres Antlitz des Sozialismus bzw. für mehr Annäherung beider deutscher Staaten wollte ich Menschen erreichen, die unter Umständen eine Petition an die DDR-Regierung mitgetragen hätten."

Auf die Frage, ob ich dies auch mit Gewalt hätte erreichen wollen, antwortete ich mit nein, weil dies nicht mit den Prinzipien meiner christlichen Weltanschauung übereinstimme.

Des Weiteren wollte er wissen, für den von ihm konstruierten Fall, wenn es keine DDR mehr gäbe, was ich mit ihm und seinen Kollegen vorhätte?

Meine Antwort auf diese Frage stand schon seit langem fest. Ich eröffnete ihm mein Programm und sagte: „Leute ihres Wesens und einige der führenden Mitglieder der Regierung, für diesen Personenkreis wünschte ich mir eine Arbeitstherapie, in der sie die Aufgabe hätten, Bilder von Marx, Lenin, Engels und bekannte kommunistische Spruchbänder zu malen. Wie zum Beispiel: Freundschaft zur Sowjetunion, Herzschlag unsres Lebens! Oder: Die Lehre von Karl-Marx bleibt ewig, weil sie wahr ist! Oder: Von der Sowjetunion lernen, heißt siegen lernen! Oder: So wie wir heute arbeiten, so werden wir morgen leben! Erst wenn sie selbst die Unsinnigkeit dieser Propaganda erkannt haben und glaubhaft versichern, dieser Massenverdummung abzuschwören, dann dürfen sie am normalen, öffentlichen Leben wieder teilnehmen!

Auch gab ich ihm zu verstehen, dass es nicht gerecht sei, Leute wie mich und andere politische Häftlinge in den ganz normalen Strafvollzug zu stecken. Dort lernten wir nur Gewalt kennen, aber erzieherische Augenblicke suchte man da vergebens. Ich gab ihm zu erkennen, der Gedanke daran flöße mir Furcht ein. Er reagierte darauf sehr gelassen. Zum Ende der Verhöre hin wiederholte ich meine Meinung, dass ich ihm im normalen Leben bestimmt Sympathie entgegengebracht hätte, aber wir auf total gegenseitigen Positionen stünden. Ich, der schuldlos Schuldige, er der, der mit seinen Verhörmethoden ein Unrechtssystem sanktioniert und mich der Verurteilung anheimstellt. Er sagte mir auch, selbst wenn die Bundesrepublik Deutschland nicht auf mich aufmerksam geworden wäre, hätte es nach Absitzen der Strafe keine Rückkehr in die alten Verhältnisse für mich gegeben. Für solche Menschen, die sich den Gesetzen der DDR so in den Weg gestellt hätten, diese Personen hätten das Recht auf Bleiben in der DDR verwirkt! Mit anderen Worten: Meine Abschiebung war nach Ende der vorgesehenen Haftzeit schon beschlossene Sache!

In Zukunft sah ich den Hauptmann nur noch kurze Zeit, zum Briefeschreiben und Lesen.

Meinen mir zugewiesenen Rechtsanwalt sah ich auch noch ein Mal, er versprach mir das Blaue vom Himmel. Dann wartete ich auf die Bekanntgabe des Gerichtstermins.

Bis zu jener Bekanntgabe ging es in meinem Kopf zu wie in einem Ameisenhaufen. Die Nächte konnte ich nur noch mit Schlafmittel einigermaßen überstehen. Das Lesen meiner Bibel wollte mir nicht den nötigen Frieden bringen. Es war wieder die Zeit der Angstpsychosen, der finsteren Wolken an meinem inneren geistigen Himmel. Ich bat Gott schon seit geraumer Zeit um seine unmittelbare Nähe, um Schutz, wenn es in den ganz normalen Knast gehen sollte. Ich hatte schier nicht den Mut, daran zu denken, wie es sein wird, mit der Klientel von krimineller Energie in einer Zelle ausharren zu müssen. Das Warten auf die Bekanntgabe des Prozesstermins versetzte mich in maßlose, innere Unruhe. Man hatte mir mitgeteilt, an meinem Prozess wären auch Zeugen geladen, die die Schwere meines „verbrecherischen“ Handelns unter Beweis stellen müssten. Das raubte mir fast den Verstand, wen hatte man gegen seinen Willen dazu gedungen oder gezwungen, einen Freund zu verraten? Wie schändlich dieses Komplott. Weil es sich in meiner Angelegenheit um eine größere Straftat handelte, kam der angestrebte Prozess vor das Bezirksgericht Karl-Marx-Stadt. Ob es sich um eine weitere böswillige Tat handelte, weil der Gerichtstermin in die Karwoche gelegt wurde, kann ich nicht beweisen, aber unterstellen wollte ich es ihnen gern. Wir Häftlinge waren nicht in einem Wohlfahrtsinstitut untergebracht worden, nein, hier wurde alles getan, um die Einsitzenden zu verhöhnen und zu demoralisieren. Die bekannte Redewendung „Das haben die nicht so gewollt." hatte hier absolut keine Berechtigung.

Jetzt stand der Termin fest, 7. und 9. April 1987, eventuell noch der 13.4.

Die Nacht auf den 7. April konnte ich in innerlichem Frieden schlafen, wer weiß, wie viele liebe Menschen in diesen Stunden mich durch ihre Gebete unterstützten. Heute noch gilt mein Dank ihnen allen.

Christine hatte mir eine Anzugsjacke bringen dürfen mit Hemd und Krawatte. Mit Ruhe und Ausgeglichenheit bereitete ich mich darauf vor, bald stünde das Wachkommando vor der Zellentür, um mich in Handschellen ins Gerichtsgebäude zu verbringen. Um 10 Uhr war der Beginn anberaumt. Die Ordonanz war erschienen, die Handschellen schnappten zu und Frank W. blieb allein in der Zelle zurück. Auf dem Weg in den Gerichtssaal sah ich zum ersten Mal seit meiner Verhaftung wieder freien Himmel über mir. Ich wollte mich daran sattsehen, aber es verging mir, weil die Wachmänner im Befehlston ansagten: Jeder Fluchtversuch wird mit der Waffe beantwortet. In der Tat hatten sie ihre Pistolen in der Hand. Unterwegs kamen noch der Hauptmann dazu und mein Rechtsanwalt, der in einer sehr freundschaftlichen Geste mit dem Hauptmann umging. Spätestens hier wurde mir klar, dass alles, nicht nur bei mir allein, ein abgekartetes Spiel war. Als es die Stufen in den Gerichtssaal hochging, da begann das Herz doch gewaltig zu schlagen und der Blutdruck stieg in meinen Kopf. Jede Menge Fragen wirbelten durch mein Hirn. Sehr beschäftigte mich, wen ich wohl als Zeugen wiedersehen würde? Ob ich ihnen in die Augen schauen könnte, oder sie mir? So weit kam es aber nicht. Im Saal nahm man mir die Handschellen ab und man platzierte mich so, dass ich nur die im Gericht sitzenden Personen sah, später hinzukommende Zeugen sah ich nur, wenn ich mich umdrehte. Ein Augenkontakt war nur gegeben, wenn der Zeuge in den Saal eingetreten war.

Das übliche Prozedere begann mit Feststellung der Personalien, verlesen von meinem Lebenslauf, Verlesung der Anklageschrift und der dazugehörige Vortrag der Staatsanwältin Frisch, die sich in bösartigen Beschuldigungen gegen mich ausließ und darauf abzielte, die Grundfesten meiner Moral zu erschüttern. Vieles glitt an mir ab, wusste ich doch, dass man mit mir ein Exempel statuieren wollte. Trotzdem erregten mich verschiedene Passagen und Formulierungen der Staatsanwältin, die später auch in der Begründung des Urteils gegen mich schriftlich dokumentiert und festgehalten wurden. So war es unverschämter Hohn und beißender Spott, der mich treffen sollte, indem man formulierte, ich zitiere: „In Wahrheit hat der Angeklagte unter Ausnutzung des ihm verfassungsmäßig verbrieften Rechts auf freie Meinungsäußerung diffamierende und diskriminierende Äußerungen getätigt und sich zum Sprachrohr der verschiedensten antikommunistischen Schattierungen gemacht!"

Die so vom Stapel gelassene Rede der Staatsanwältin Frisch, die mich zu einem gefährlichen, reaktionären Verbrecher abstempelte, verfehlte auf Dauer ihre Wirkung bei mir nicht, was sie letzten Endes vorausgesetzt hatte. Der über dem allem wachende Oberrichter Grommhold, der sich zum Vasallen der Stasi hatte machen lassen, befragte mich zu verschiedenen Anschuldigungen in einer Manier, die das Persönlichkeitsbild des Angeklagten, in dem Falle ich, total beschmutzte.

Weil die Personen des Hohen Gerichts ihr Mittagessen nicht einbüßen wollten, vertagte man die Verhandlung auf den übernächsten Tag. Ich bekam wieder die Handschellen angelegt und es ging zurück in die Zelle.

Frank W. wartete schon begierig darauf, etwas über den Ablauf zu erfahren.

Die geringeren Vergehen wie geplante oder versuchte Republikflucht, öffentliche Herabwürdigung der DDR oder auch in Gewahrsam genommene Antragsteller, die ihre Beherrschung verloren hatten, diese Fälle waren anhängig beim Kreisgericht. Deshalb informierte ich Frank W. nicht, weil er vor das Kreisgericht kam.

Selbstverständlich war mir nach dieser ersten Verhandlungsrunde nicht so, als hätte ich soeben einen erfrischenden Spaziergang beendet. Bange war mir vor dem nächsten Termin mit Zeugenanhörung. Am Gründonnerstag, den 9.4.1987, erfolgte die gleiche Vorgehensweise bis zur Verbringung in den Gerichtssaal. Meine Gemütslage, glaubte ich, war labiler als am ersten Verhandlungstag. Einesteils freute ich mich, mir nahestehende Personen zu sehen, zum anderen schwante mir Unheil. Der zweite Verhandlungstag hatte begonnen, irgendwelche bürokratische Hürden mussten noch bewältigt werden, dann wurden die Zeugen vorgeladen. Der Hauptmann unterrichtete mich schon im Voraus, wer alles Zeuge sein würde.

Als Erster sollte der Grenzsoldat vorgesehen sein, der der Urheber allen Unglücks gewesen war. Doch er erschien nicht. Gerichte sind bei Nichterscheinen von Zeugen unerbittlich, notfalls bringt man sie mit Polizeigewalt herzu. Für den Soldaten verlas man anstelle eine Entschuldigung seines Regimentskommandanten, darin entschuldigte man sein Fernbleiben mit fadenscheinigen Gründen. Hatte der Grenzsoldat vielleicht die Hosen voll, weil er mit seiner Denunziation einen Menschen hinter Gitter brachte, was er sich selbst nicht so vorgestellt hatte. Im Anschluss daran kam mein ehemaliger Arbeitskollege Alfred M. in den Zeugenstand. Als er an mir vorübergehen musste, blickten wir uns in die Augen. Was dieser Blick alles zum Ausdruck bringen wollte! Aber auch ohne Worte fanden unsere Gedanken zueinander. Alfred tat mir mehr leid als ich mir selbst. So empfand ich auch bei den weiteren Zeugen. Nur bei meinem Kollegen Thomas K. empfand ich Gleichgültigkeit, weil er in seinen Protokollen von Anfang an nicht den Versuch unternommen hatte, mich zu schützen!

Bleiben wir bei Alfred M. Nach Feststellung seiner Personalien und nach Äußerung, in welchem Verhältnis er zu mir stehe, begann der Oberrichter mit seinen Suggestivfragen. Alfred war sich dessen bewusst, was er mit seinen Aussagen für oder gegen mich im Zeugenstand anrichten konnte. Seine anfänglich massiven Versuche, von mir ein gutes Bild zu erzeugen, erregten den Widerwillen des gemeinen Oberrichters Grommhold und so begann dieser, Alfred in die Enge zu treiben. Nach ca. einer halben Stunde Kreuzverhör mit Anschuldigungen, dass Alfred ebenfalls besser im Gefängnis aufgehoben sei, wurde die Verhandlung kurz unterbrochen. Diese Gelegenheit nahm Alfred wahr, nach einem Glas Wasser zu bitten, weil die Aufregung seinen Mund restlos ausgetrocknet hatte. Der Oberrichter lehnte dies mit laut erhobener Stimme ab und meinte lakonisch: „Wenn Sie mit dem Angeklagten gemeinsam Ihre Hetzreden gegen die DDR geführt haben, da brauchten Sie auch kein Wasser. Es gibt für Sie kein Wasser!“ Konnte es sein, dass hier die Anfänge des Nationalsozialismus Pate standen?

Ohne seinen ausgetrockneten Mund mit Flüssigkeit benetzen zu dürfen, hielt seine Zeugenbefragung an. Für mich war es die bekannte Manier eines Verhörs, aber keine Zeugenbefragung. Die in Aussicht gestellten Zwangsmaßnahmen führten dazu, dass Alfred am Ende noch Zugeständnisse an die Clique machen musste. Mich traf dies in meinem Empfinden nicht, weil ich doch die Praktiken meiner Büttel kannte! Alfred hatte auf alle Fälle von Beginn an Flagge gezeigt! Was mich hingegen traf, dass mir vertraute Personen sich diesem zwangsweisen Stress der Lüge und Unwahrheit aussetzen mussten. Ich hatte mir vorgenommen, keine sichtbaren Regungen dem Gericht zu zeigen, das Vergießen bitterlich geweinter Tränen, das Schauspiel wollte ich niemandem vorführen. Was in meinem Herzen für ein Chaos herrschte wegen der erniedrigenden Behandlung an den Zeugen und an mir, diese Empfindungen gehörten mir ganz allein. Alfred verließ den Gerichtssaal wie ein geprügelter Hund!

Mein Kollege Günter F., der morgens immer unterwegs zu mir ins Auto eingestiegen war, kam nun an die Reihe.

Ein ähnliches Schauspiel lief erneut ab. Günter F. versuchte, sich von seinen bisherigen zu Protokoll gegebenen Aussagen zu distanzieren, aber da wurde der fiese Oberrichter Grommhold närrisch. Er brüllte förmlich los und machte Günter im Wiederholungsfall darauf aufmerksam, dass in seinen Protokollen andere Sachverhalte von ihm unterzeichnet worden wären. Er solle sich gefälligst darauf besinnen, ein Aber könne er sich abschminken. Natürlich schwenkte Günter nach vielen Anläufen, den Zeugenaussagen eine andere Richtung zu geben, auf die geforderte Linie des Gerichts ein. Die angedrohten Sanktionen bewirkten in letzter Instanz noch einen zur Schau gestellten Sinneswandel. Für mich nachzuvollziehen, denn der Aufenthalt in einer Gefängniszelle wäre für meine Freunde und Kollegen das Letzte gewesen, was ich ihnen gewünscht hätte.

Den kurzen Augenblick, den mich die geladenen Zeugen wahrnahmen, bevor wir durch geschickte Standortbestimmung uns nicht mehr Auge in Auge sehen konnten, musste ihnen aber vermittelt haben, dass ich nicht mehr der ihnen gewohnte Mensch war. Die Zeit der Inhaftierung hatte seine Spuren sichtbar an mir hinterlassen.

Bevor mein Kollege Thomas K. als weiterer Zeuge aufgerufen wurde, bat ich, das WC aufsuchen zu dürfen. Mit Handschellen ging es aus dem Saal, der Wachmann stellte sich unmittelbar auf dem WC neben mich. Ich sagte zu ihm, wenn er mir meine Privatsphäre nicht einräumen könne, dann garantierte ich nicht für eine kurze Verrichtung. Er stellte sich etwas abseits, wegen Fluchtgefahr vermied er, mich aus den Augen zu lassen.

Das Verfahren nahm seinen Fortgang, Thomas K. war der Nächste. Wie ich erwartet hatte, gab er bereitwilligste Auskunft zu den an ihn gerichteten Fragen. Sein Auftritt war am kürzesten. Er antwortete schnell und für das Gremium hörenswert. Ein weiterer Baustein für meine in Aussicht gestellte Verurteilung.

Mit großem, innerlichem Zwiespalt musste ich Wochen vorher zur Kenntnis nehmen, dass meine Frau Christine an dem Prozess nicht teilnehmen durfte. Als moralische Unterstützung aufbauend für mich, aber zum anderen beschämend für sie, die Praktiken der Schergen beobachten zu müssen. In den wenigsten Fällen konnte die Öffentlichkeit Prozesse mitverfolgen. Bereits da hätten alle Bürger der DDR wissen müssen, hier wird Recht gebeugt! Wer sich nicht kümmerte, der glaubte den Machthabern, in unserem Arbeiter- und Bauernstaat gibt es keine politischen Häftlinge.

Als nächster Zeuge kam mein Schwager. Von seinen Protokollen, die mir der Hauptmann anfangs der Verhöre vorgehalten hatte, wusste ich bereits, wie man ihm zugesetzt hatte. Von meinem Schwager nahm ich an, er bäume sich nicht auf gegen das bestehende Unrechtssystem. Von seinem Wohlverhalten den Bütteln gegenüber war seine wirtschaftliche Existenz abhängig. Ich konnte es ihm nicht verübeln, dass er darauf Rücksicht nahm. Es sei aber hier nebenbei mit erwähnt, er und seine ganze Familie waren Helfer in der Not für meine Lieben daheim.

Ein weiterer Zeuge war Bertram, der mich einige Male mit seinem Pfiff durch Gefängnismauern hindurch gegrüßt hatte. Als er mich erblickte, nickte er mit dem Kopf und nannte mich bei meinem Namen. Nach dem üblichen Verfahrensweg stellte das Gericht dann Bertram Fragen zu seinen Protokollen, die er unterzeichnet hatte, während ihm von der Stasi in den Verhören Aussagen entlockt worden waren. Da kannte man nun Bertram nicht. In seiner Art, geradewegs aufs Ziel loszugehen und keine Furcht zu zeigen, machte er die „Herren" darauf aufmerksam, dass nicht alle seine Aussagen den Tatsachen entsprechen würden. Oberrichter Grommhold gebärdete sich wie ein tollwütiges Tier, fehlte nur noch Schaum vor seinem Mund. Er brüllte die Frage in den Gerichtssaal: „Haben Sie das Protokoll unterschrieben oder haben Sie es nicht!" Darauf entgegnete Bertram in seiner lässigen Art: „Nu, wenn ich das nicht unterschrieben hätte, dann wäre es ja noch später geworden, es war doch sowieso schon viel zu spät. Schließlich musste ich auch mal nach Hause." Dann erzählte er, wie gut wir miteinander auskommen und wo ich hilfsbereit wäre und mal sich über etwas ärgern und dabei schimpfen, das könne jedem passieren. Da setzte der Oberrichter wieder ein und herrschte ihn an, er solle mit seinem Gefasel aufhören. Er wolle nicht wissen, ob ich gut sei, er wolle bestätigt haben, was man dem Angeklagten vorwirft. Wir schauten uns nochmals an, als Bertram den Saal verließ. Heute noch „belustigt" es mich, wie Bertram die „Herren" vorgeführt hat.

Als letzter Zeuge wurde Joachim Friz aufgerufen, der Mitbewohner aus unserem Haus, dem die Stasi auch übel mitgespielt hatte.

Aus dem mir heute vorliegenden Unterlagen der Gauck bzw. Birthler-Behörde geht hervor, dass die Stasi eine eigenständige Untergruppe bei der Sowjetisch-Deutschen AG Wismut (sprich: SDAG Wismut) unterhielt. Weil Joachim Friz, trotzdem dass er ein guter SED Genosse gewesen war, durch verschiedene Verhaltensweisen die eigene Wismut-Stasi auf sich aufmerksam gemacht hatte, deshalb wurde Familie Friz Opfer eines konspirativen Vorgangs. Ihre Wohnung wurde in Abwesenheit geöffnet und nach brauchbarem, belastendem Material durchsucht und verwanzt. Befehlsgeber war die Untergruppe der Wismut Stasi. Bei der Inaugenscheinnahme der Wohnung der Familie Friz geriet ich durch ein Foto oder durch Gespräche (Wohnung wurde verwanzt) mit ins Visier der Schergen. Die Folge davon war ein weiterer konspirativer, operativer Vorgang, den ein Oberst von der Wismut-Stasi befehligt hatte und unsere Familie die Leidtragenden waren.

Bei Joachim Friz hatten die „Herrschaften" des hohen Gerichts die Rechnung ohne den Wirt gemacht. Er ging nicht wesentlich auf die ihm gestellten Fragen ein, vielmehr begann er, dem „Hohen Hause" eine Lehrstunde in Sachen Dialektischer Materialismus zu halten mit einem Ausblick auf die Wesenszüge des Sozialismus und Kommunismus. Hätten sich alle kommunistischen Staaten an die Tatsächlichkeiten der Lehre von Karl Marx gehalten, für die bürgerlichen Demokratien wäre ein ernst zu nehmender Konkurrent erwachsen. Doch das hatten alle Herrscher der roten Diktaturen in den Wind geschlagen.

Der Oberrichter unterbrach nach einer Weile den Redefluss von Joachim und verbot ihm, mit seinen Ausführungen fortzufahren. Mich wunderte auf jeden Fall, dass man der Rede so lange zugehört hatte. Für alle Anwesenden ein Nachhilfeunterricht in Sachen Sozialismus. Wenngleich meine Lage nicht rosig war, aber der Auftritt von Joachim nötigte mir Hochachtung ab. Ich hatte seine hoch motivierte Konzentration beobachtet und freute mich an seiner Strategie der Gesprächsführung. Wenn ich mich recht erinnere, so ging sein Auftritt relativ bald zu Ende, weil er zu bedenken gab, auf alles in seiner vorbereiteten Rede einzugehen, was mit meiner Verhaftung im Verhältnis stand. Doch da man ihm das Wort entzogen habe, könne er auch weiter nichts zur Sache vorbringen. Wutschnaubend musste der Oberrichter eingestehen, natürlich nur für sich selbst, dass er sich ein Eigentor mit dem Zeugen Friz geschossen hatte. Damit konnte sich Joachim entfernen.

Nach der Zeugenvernehmung erfolgte nun das Plädoyer der Staatsanwältin, in deren Verlauf ich nochmals in aller Deutlichkeit gedemütigt und eines Verbrechens in schwerer Form bezichtigt wurde. Das begehre ein gefordertes Strafmaß in Höhe von drei Jahren und acht Monaten. Im Anschluss daran erfolgte das Plädoyer meines mir beigegebenen Rechtsanwalts, Dr. Bär, der in Untervollmacht für Prof. Dr. Vogel, Ostberlin, seine Aufgaben wahrnahm. Der Verteidiger beantragte für mich eine Strafe von zwei Jahren und sechs Monaten.

Im Anschluss bekam ich das letzte Wort, in dessen Verlauf ich um Entschuldigung bat für die vielen Umstände, die ich durch meine Handlungsweisen heraufbeschworen hatte.

Hier unterbrach man die Verhandlung und legte die Urteilsverkündung auf den 13.4.1987, den zweiten Osterfeiertag, der in der DDR nicht mehr als Feiertag Gültigkeit hatte.

Mit dem mich „vertretenden“ RA Dr. Bär gab es noch eine kurze Unterhaltung. In seiner „väterlichen“ Art meinte er, es würde schon alles gut, jetzt käme erst mal Ostern, besonders schöne Aussichten für die „Knastologen“ (Anmerkung von mir), und am 13.4. würde man weitersehen.

Mit dieser Vorstellung – drei Jahre und acht Monate Gefängnis – marschierte ich in meine Zelle. Frank W. musste es mir angemerkt haben, wie desolat meine Verfassung war, er ließ mich vorerst in Ruhe. Später sagte ich ihm, was mich eventuell erwarten würde, welches Strafmaß die Staatsanwältin für mich beantragt hatte, was meinem Straftatbestand angemessen wäre. Frank hörte genau hin, als ich ihm davon berichtete. Wie schon an anderer Stelle erwähnt, beliefen sich die „normalen Urteile“ so auf zwei bis zweieinhalb Jahre. Aber Fälle, die vor dem Bezirksgericht verhandelt wurden, deren Strafmaß war natürlich weiter oben angesiedelt.

Mit den bevorstehenden Feiertagen begann nun wieder eine Zeit, die sich äußerst negativ auf die Häftlinge auswirkte. Eine gespenstische Ruhe breitete sich im Gefängnistrakt aus. An solchen Tagen hörte man nur das Würfeln aus den anderen Zellen. Immer wenn die Würfel über den blanken Holztisch rollerten, dann erklang das typische Geräusch dafür. In den Zeiten, in denen viel gespielt wurde, waren diese Laute für die Wachleute kein Vergnügen. Dann mussten wir auf Anweisung eine Decke unterlegen, um den Geräuschpegel zu dämpfen. Weil aber Frank W. kein brauchbarer Mitspieler war, spielte ich mit meinem unbekannten Partner, der in der Etage über oder unter mir war, Schach. Wir klopften wie üblich die Positionen, zum Beispiel A3 nach B4 mittels Fingerknöchel und der Wand zum Gegenspieler. Für A ein Mal klopfen, dann für 3 natürlich drei Mal klopfen. Spannend wurde es, wenn mehrere Spiele gespielt wurden, dann musste man sich einen bestimmten schnellen oder langsameren Klopfrhythmus aneignen, um unterschieden werden zu können.

Um die Zeit bis zur Urteilsverkündung sinnvoll zu nutzen, las ich sehr viel in meinem kleinen, grünen Neuen Testament. Die Geschehnisse von Karfreitag bis Ostern betrachtete ich wie für mich geschrieben. Es stand für mich fest, ich wurde zu Unrecht verurteilt! Mit meinen Meinungen hatte ich keinerlei gewalttätige Handlungen verbunden, geschweige denn andere dazu angestiftet. Die Freiheit des andersdenkenden Menschen hatte leider in der DDR nie einen Platz gefunden. Aber deshalb immer nur den Kopf einziehen und bereitwilligst stets ein Ja zu sagen, selbst wenn es purer Unsinn sei, das hatte ich zu keiner Zeit als positive Eigenschaft anschauen können. Wenn mich auch die Erinnerung an meine Schuljahre schmerzte, weil ich als Nichtpionier von Beginn an die Nachteile zu spüren bekam, ein Lehrer hatte uns dennoch eine große Weisheit mit auf den Weg gegeben, daran habe ich im Laufe meines Lebens oft denken müssen: „Ohne Meinungsvielfalt wird kein Fortschritt befördert."

Mit solchen und ähnlichen Gedanken malte ich mir wieder einmal aus, wie niederträchtig und gemein, wie roh und erniedrigend die Tage der Verurteilung von Jesus, der ohne Fehl und Tadel gewesen war, ihren Ablauf genommen hatten. Ich war so dankbar, dass ich für mich in Anspruch nehmen durfte, nicht wegen meiner Angst, Schwachheit, Hilflosigkeit und Traurigkeit von meinem Herrn belächelt zu werden, nein, ER selbst hatte die tiefsten Tiefen des menschlichen Daseins durchschreiten müssen und brachte das in seinem Aufschrei „Mein Gott, mein Gott, warum hast Du mich verlassen?“ zum Ausdruck.

Mit einem für mich spannungsgeladenen zweiten Osterfeiertag begann die neue Woche. Der Tag, an dem ich die Quittung für mein „aufsässiges“ Verhalten entgegennehmen sollte. Wie schon an den anderen Tagen die gleiche Verfahrensweise. Im Prinzip hätte ich keinen Aufwand betreiben müssen, um mit meinem Outfit die Besonderheit dieses Tages zu unterstreichen. Aber besondere Angelegenheiten erfordern auch extra Würdigung. Selbst wenn es mir dabei an den Kragen ging, aber das war ich mir selbst schuldig. So bereitete ich mich auch mit einem langen Gebet auf diese Umstände vor. Ich flehte um Gottes gnädigen Beistand für die Stunde meiner bisher schlimmsten Erfahrung, die mir bevorstand. So erwartete ich die Wachmannschaft, die mich erneut in Handschellen in das Gerichtsgebäude überstellen musste. Für die Mitglieder des Gerichts, die anwesenden Stasi-Beamten und meinen Rechtsanwalt war das zum wiederholten Male ein innerlicher Vorbeimarsch und der krönende Abschluss ihrer so „aufwendigen“ Recherchen, Verhörstrategien, Beweisführungen und der unter Zwang erpressten Zeugenaussagen.

Für den Moment der Verkündung des Urteils musste aufgestanden werden und der mir stets widerlich erscheinende Oberrichter Grommhold verkündete: „Im Namen des Volkes“ wird für Recht anerkannt eine Freiheitsstrafe von für den Angeklagten wegen staatsfeindlicher Hetze. Er verstieß gegen die Paragrafen der Strafprozessordnung der DDR, insbesondere gegen § 106, § 108 und § 63.

Gegen das Urteil kann vonseiten der Verteidigung Berufung beim Obersten Gerichtshof der DDR eingelegt werden.

Vor der Bekanntgabe des Urteils war ich noch relativ gefasst, doch als der Menschenfeind Grommhold geendet hatte, schoss mir eine Druckwelle zu Kopf, in deren Verlauf ich annahm, der Kopf müsse sich öffnen, damit der Überdruck sich bahnbrechen kann. Noch heute will es mir nicht gelingen, diese Situation verständlich in Worte zu kleiden!

Damit war für das Gericht der Fall erledigt, wieder hatte ein DDR-Bürger seine „gerechte Strafe“ für seine Taten und Handlungen bekommen, die darauf abgezielt hatten, dem Staat empfindlichen Schaden zuzufügen. Der so nun bestrafte Verurteilte sah das leider gänzlich in einem anderen Licht. Wenn die Führung der DDR schon nicht bereit war, ihre Macht dranzugeben, so war es längst an der Zeit, dem real existierenden Sozialismus ein menschlicheres Antlitz zu verleihen. Aber nun war ich an der Starrköpfigkeit der roten „Herren“ gescheitert!

In einem Nebenraum des Gerichtssaals teilte mir RA. Dr. Bär mit, wir würden in Berufung gehen. Mit diesem Wissensstand verbrachten sie mich wieder in meine Zelle. Hier brauchte ich eine Weile, um mich wieder auf den Psalm 91 zu besinnen, wo geschrieben stand: „Ich will ihn herausreißen.“

Konnte man, sollte man in dieser menschlich gesehen ausweglosen Situation an dieser Aussage festhalten, daran glauben?

Nein, ich wollte mich nicht davon abbringen lassen. Als ich am Nachmittag Christine sehen konnte, hatten wir beide weiche Knie. Das Wissen um diese lange Zeit, die wir nach dem Willen des Gerichts voneinander getrennt sein würden, das raubte uns fast den Verstand. So lag Vertrauen und Zweifel oft ganz eng beieinander. Christine stärkte mich mit dem Zuspruch: „Du bleibst mein Mann und der Vater deiner Kinder. Wir warten auf dich!"

Unter dieser Voraussetzung mussten wir uns trennen, besser gesagt wurden wir getrennt. In der Zelle angekommen konnte ich endlich meinen Tränen freien Lauf lassen und dabei kam ich mir vor wie ein Fass ohne Boden. Der Inhalt war nicht auffindbar.

Am Abend wurde Frank W. verlegt. Die Gründe hierfür blieben mir verborgen. Ich blieb drei Tage allein in der Zelle, bevor ein Neuer kam.

Wollte man mir Zeit geben, damit ich wieder zur Ruhe kommen konnte, oder hatte es den Hintergrund, mich psychisch noch mehr zu demoralisieren. Abgeurteilt war ich, einem Selbstmord, den mancher dann nur noch als einzigen Ausweg sah, stand nun nichts mehr im Wege.

Am nächsten Tag ließ mich der Hauptmann zu sich holen und setzte mich davon in Kenntnis, dass er andere Aufgaben übernommen hätte. Meine Angelegenheit kläre sich nun von selbst, nachdem Dr. Bär in Berufung für mich gegangen wäre. Der Oberste Gerichtshof der DDR benötige etwa sechs bis acht Wochen, danach entscheidet sich alles andere.

Zum Schluss gab er mir noch mit auf den Weg, wenn ich dann nach Verbüßung meiner Strafe in der BRD sei, so sollte ich klug sein und mich bezüglich Äußerungen über DDR-Vergangenheit und Gefängniszeiten sehr zurückhalten. Leute, die gut gemeinte Warnungen nicht ernst genug nehmen würden, den passiere oft schnell ein kleiner Unfall. Diese Bemerkung glaubte ich ihm sofort. Damit endete vorerst der von mir wahrgenommene Umgang mit ihm. Im Hintergrund nahm ich an, spinne er weiter seine Fäden, was mich anbetraf.

Ich glaubte auch, dass die Berufung ein abgekartetes Spiel zwischen RA Dr. Bär und meinem Hauptmann war. Vielleicht sollte ich an dieser Stelle dem Hauptmann sogar danken, weil ich noch weitere Zeit in der Untersuchungshaft bleiben konnte und nicht schon in die Wirklichkeit des regulären Strafvollzugs eintauchen musste. So erlangte ich für die nächsten Wochen Gewissheit, weiter mit Gleichgesinnten eingesperrt zu sein. Die Schauergeschichten, die man so dann und wann von Wiederholungstätern gehört hatte, die bereiteten mir Sorge. Auf jeden Fall hatte ich noch etwas Schonfrist davor und der Hauptmann konnte sein Gewissen, sofern er überhaupt eins hatte, entlasten. Er, so nahm ich an, hatte meinen weiteren Verbleib in der Untersuchungshaftanstalt initiiert, weil er mich schon so einschätzte, ein Dasein im normalen Knast wäre auf keinen Fall hilfreich für mich, natürlich für die meisten politischen Häftlinge ebenso. Von nun ab gestaltete sich mein Tagesablauf eintöniger, weil es keiner Verhöre mehr bedurfte. Die „Schließer" oder Bewacher vor den Zellentüren lernte ich nun auch mehr kennen und erlaubte mir einzuschätzen, welche mit Leib und Seele dabei waren oder welche ihr Berufsleben gern anders gestaltet hätten.

Nach drei Tagen bekam ich wieder Belegung, ein Jüngerer, Jürgen K. mit Tatbestand Nötigung. Wenige Tage später stellte man eine dritte Pritsche in unsere Zelle und ein Dritter kam hinzu. Es war Ulf N. mit Tatbestand Republikflucht. Wenn solche Umstände eingetreten waren, dass die Zellen mit drei Pritschen bestückt wurden, dann war wieder einmal volles Haus, und ein Zeichen dafür, die Machthaber hatten Probleme mit ihrer Bevölkerung. Über all diese Insassen, die mit mir in einer Zelle saßen, könnte jedes einzelne Leben von denen noch beschrieben werden, aber manchmal gab es auch weniger Zeit, sich richtig kennenzulernen.

Der Leser dieses Buches wird wieder einmal gebeten, sich vorzustellen, in solch einer Zelle, wie eingangs beschrieben, zu dritt eingesperrt zu sein und das im Raum befindliche WC benutzen zu müssen und dabei noch „frische" Luft zu bekommen. Der Luftaustausch funktionierte so gut wie nicht. Wir drei schätzten uns glücklich, weil wir Nichtraucher waren. Circa 14 Tage waren wir drei Mann in einer Zelle, dann fand freitags abends wieder eine größere Umbelegungsaktion statt, in deren Verlauf wir getrennt wurden. Was jetzt folgte, ich traute meinen Augen kaum, man verbrachte mich in eine Zelle, dessen Insasse ein weißhaariger, sympathischer Mann war. Jedenfalls glaubte ich, mich nicht zu täuschen. Die Zellentür schepperte in ihre Schließvorrichtungen und der Verlegungsspuk hatte ein Ende. Wir machten uns bekannt. Er stellte sich als Heinz W. vor, schon langjähriger Untersuchungshäftling, der nun zum wiederholten Male auf seinen Prozess wartete. Zwei Mal musste der Prozesstermin verschoben werden, weil Heinz das eine Mal lebensbedrohlich erkrankt war, der zweite Grund ist mir aus meiner Erinnerung entfallen. Seine Zeit der Untersuchungshaft hatte er zum größten Teil in Berlin im berüchtigtsten Stasi-Untersuchungsgefängnis Hohenschönhausen zugebracht. Berüchtigt deshalb, weil da alle spektakulären Vorfälle abgehandelt wurden. Vom ausländischen Agenten, über sogenannte Menschenhändler bis hin zum ehemaligen Nazitäter saßen da Beschuldigte ein. Hohenschönhausen galt aber auch als Vorzeigeknast. Schließlich gingen da auch ausländische Repräsentanten aus und ein, um ihre Klienten zu betreuen.

Vorerst war Heinz nicht sehr gesprächig, er war oft in Gedanken versunken, aber nach wenigen Tagen war das Eis gebrochen. Es lag in erster Linie daran, Heinz war vor seiner Inhaftierung in dem Ort wohnhaft, wo ich als Kind groß geworden war und da auch die Schule besucht hatte. Die Bewohner eines kleineren Ortes laufen sich dann und wann über den Weg, ich war der festen Meinung, auch in unserem Fall hatte dies stattgefunden. Wir gehörten zu einem Stadtteil von Karl-Marx-Stadt, der vom Zentrum etwa 12 Kilometer entfernt war. In unserem Stadtteil endete eine Straßenbahnlinie und dort traf man die meisten Einwohner, wenn man auf die Bahn warten musste. Heinz gab vor, auch meinen Vater zu kennen.

Auf diese Weise hatten wir erst einmal Gesprächsstoff. Bald trat dieser in den Schatten, weil wir uns gegenseitig anvertrauten, weshalb wir „eingebuchtet" waren. Meine Angelegenheit wurde mit Aufmerksamkeit von Heinz verfolgt und hier und da bedachte er meine Ausführungen mit seinen Kommentaren. Als Konsequenz davon begann Heinz mit seinem Bericht, erst zögerlich, dann immer offensiver. Nach der relativ langen Zeit, die ich schon in der U-Haft war, dachte ich mir schon, bei Heinz müsse die Sache noch mehr Brisanz als bei mir haben. Dem war auch so.

Heinz sollte der Prozess gemacht werden wegen Verbrechen gegen die Menschlichkeit, sein Uraltguthaben aus nazistischer Vergangenheit. Als wir uns in der Gefängniszelle begegneten, schrieb man das Jahr 1987, also 42 Jahre nach Beendigung des Zweiten Weltkriegs.

So ganz nebenbei muss es wohl heute erlaubt sein, sagen zu können, diejenigen, die uns mit sozialistischer Diktatur in der DDR unterdrückt haben, uns durch ihre Vasallen bespitzeln ließen und einen Unrechtsprozess nach dem anderen geführt haben, jene begehren heute schon nach erst 20 Jahren, dass ihre Vergehen der Vergessenheit anheimgestellt werden sollen. Dies kann und darf nicht geschehen mit Rücksicht auf die Menschen, die durch diese Personen Schaden genommen haben an Leib, Seele und Geist, noch nicht einmal zu reden von dem materiellen Schaden, der den Betroffenen daraus erwachsen ist.

Jetzt saß ich mit diesem Menschen eingepfercht in einer Gefängniszelle und begriff die Welt nicht mehr. Ich musste mir selbst erst einen Standpunkt erarbeiten, wie ich zukünftig mit Heinz weiter verfahren wollte.

Was man ihm zur Last legte, er hatte gegen Ende des Zweiten Weltkriegs in Polen an einem Erschießungskommando teilgenommen. Dies war nach so vielen Jahren noch ans Licht gekommen, weil einer seiner damaligen Kameraden aus dem gleichen Grund, wie bei Heinz gegeben, verurteilt worden war.

Dieser ehemalige Kamerad hatte bei seinen Verhören von der Stasi den Namen von Heinz und eines weiteren Mannes bekannt gegeben, um sich auf diese Weise Strafmilderung zu verschaffen. So erklärte mir Heinz seine Gegenwart im Gefängnis.

Sicher wusste ich von Heinz nur das, was er unbedingt weitergeben wollte aus Gründen um seines Selbstschutzes willen.

Für mich stellte sich nun die Frage, wie man denn eines Tages mit den Grenzsoldaten der DDR verfahren würde, die auf Flüchtige schießen mussten, wenn sie über die innerdeutsche Grenze ausbüchsen wollten, weil für sie das Leben in der DDR zu unerträglich geworden war? Dass es für manche unerträglich war, bewies die Selbstverbrennung von Pfarrer Brüsewitz. Mit „eines Tages“ hoffte ich noch immer auf die Realisierung meines großen Wunsches, die Wiedervereinigung Deutschlands.

Heinz bestärkte mich in meinen Gedankengängen, weil er mit Bestimmtheit wusste, hätte er den damals gegebenen Befehl verweigert, dann hätte ihn das gleiche Schicksal ereilt und er wäre selbst als Befehlsverweigerer mit erschossen worden.

Ich bekannte ihm, es würde mir sehr schwerfallen, dazu eine verständnisvolle Position einzunehmen. Weil die Tötung eines Menschen, aus welchem Grund auch immer es sein muss, eine Gewissensentscheidung des Einzelnen ist, der der Ausführende ist. Dieser müsse auch alle Risiken, die damit verbunden sind, einschätzen und abwägen. Da ich mich selbst noch nicht in solch einer Situation befunden habe, könne ich auch dazu kein Urteil abgeben. Eins aber stehe fest, als Christ nähme ich das Gebot „Du sollst nicht töten“ sehr ernst. In jedem Fall ein sehr heikles Thema mit wenig Spielraum für ein breites Spektrum.

Damit hatte ich auch sogleich meinen Standpunkt gegenüber Gott zu erkennen gegeben, Basis für weitere Gespräche, die auch erfolgten.

Von Heinz hatte ich den Eindruck, er war über diese Momente seines Handelns bei dieser Erschießung sehr unglücklich, musste sich aber nun dafür verantworten. Für die DDR ein besonderer Anlass, der Weltöffentlichkeit zu zeigen, wie ernst sie es auch noch nach 42 Jahren mit der Verfolgung und Bestrafung von Naziverbrechen hielt. Dabei muss auch gerechterweise gesagt werden, dass sich die DDR lange die Erfolge des Eiskunstlauftrainers Heinz W. gefallen ließ. Dabei sonnte sich die DDR in seinem Schatten, wenn er mit seinen Schützlingen internationale Erfolge errang. Weil aber die Verantwortlichen von seiner früheren Militärzugehörigkeit vor 1945 wussten, war es ihm nicht gestattet, seine Eiskunstlaufathleten ins „kapitalistische Ausland" zu begleiten. Dies übernahm dann stets eine der bekanntesten Trainerinnen, die der Eislaufsport in der DDR vorzuweisen hatte. Das war für Heinz eine ständig einzunehmende bittere Pille. An dieser Stelle erfuhr ich wieder einmal, wie das korrupte System der DDR arbeitete und sich dabei nicht scheute, Ungerechtigkeit auf Ungerechtigkeit anzuhäufen. Noch während wir gemeinsam die Zelle teilten, sollte uns vonseiten der Mächtigen ein weiterer Beweis ihrer rücksichtslosen Verhaltensweise geliefert werden.

Wie bestimmt schon erwähnt, bekamen wir die Tageszeitung „Freie Presse" zum Lesen, doch stets einen Tag im Verzug. Der Grund, es musste sichergestellt sein, dass kein Häftling aus dem Inhalt der Zeitung für sich Kapital schlagen konnte. Deshalb überprüfte man den Inhalt der Zeitung erst an verantwortlicher Stelle und danach kam die Zeitung zum Verteilen. Es ist mir nicht bekannt, wie viele Zeitungen im Umlauf waren, aber oft genug waren sie schon zerfleddert. Sonntags war es eine der beliebtesten Beschäftigungen, die „Freie Presse" zu lesen.

An dem Titel der Zeitung hatte ich mich schon immer gestört, weil es eine Vorspiegelung falscher Tatsachen war, sich „FREIE PRESSE" zu nennen. Jede Zeitung in der DDR konnte nur das veröffentlichen, was dem Interesse der kommunistischen Machthaber diente, ein freies Wort war also undenkbar.

Umso länger musste man sonntags warten, bis man mit dem Lesen der Zeitung an die Reihe kam. Abhängig war dies von der Lage der Zelle und der Willkür der „Schließer".

An einem Sonntag warteten wir schon lang auf das Blatt vom Samstag. Aber wir warteten umsonst. Auf unsere Frage, ob es keine Zeitung geben würde, sagte man uns ein Ja, und weshalb, darauf gab es dann keine Antwort. Eine Zeitung gab es also nicht, aber eben nur für uns, wie sich später herausstellte.

Am nächsten Tag sagten wir den „Schließern", wir hätten die Samstagszeitung noch nicht bekommen. „Nett", wie sie waren, brachte uns später einer die uns vorenthaltene Zeitung. So ein Zufall aber auch. Heinz bekam die eine Hälfte, ich die andere Hälfte. Plötzlich sagte Heinz leise zu mir mit Unterton in der Stimme: „Hier, lies das bitte einmal." Auf der letzten Seite der Zeitung war ein Interview abgedruckt, das mit einer sehr bekannten Karl-Marx-Städter Eiskunstläuferin geführt worden war, die heute gern die Vorteile unseres demokratischen Rechtsstaates in Anspruch nimmt und von den Medien in Unkenntnis der Sachlage hofiert wird, dabei stehen ihre sportlichen Erfolge außer Frage. Heinz war erbost über eine der Antworten jener Eisprinzessin. Auf die Frage, wer sie denn entdeckt habe, gab sie zur Auskunft, da wäre mal einer gewesen, der gesagt hätte, aus dir wird mal etwas!

Heinz war sehr erregt und fragte mich: „Kannst du dir denken, wer der eine war, der dies der angehenden Eisprinzessin gesagt haben könnte?" Heinz bestand darauf, dass er der eine gewesen ist, von dem in diesem Interview die Rede war. Außerdem habe er mit ihr später die ersten Trainingseinheiten absolviert.

Das erklärte nun auch, weshalb wir das Blatt nicht bekommen sollten. Aber die neue Wachmannschaft, die am Montag ihren Dienst angetreten hatte, wusste von dieser Maßnahme nichts und händigte uns ein übrig gebliebenes Exemplar aus.

Ein ums andere Mal bekam Heinz einen Wutanfall und beschimpfte die Eislaufprinzessin, weil sein Name von ihr im Interview verheimlicht wurde. Ich hatte nur eine Erklärung dafür, wieso sein Name nicht angeführt war. Bevor es zu diesem Interview gekommen war, hatte man von übergeordneter Stelle der Eiskunstläuferin gesagt, was sie bei jener Frage zu sagen hätte, oder noch schlimmer, einer der Schreiberlinge hatte kurzfristig eine passende Antwort daraus gemacht! Wie hätte es auch ausgesehen, wenn der Talententdecker jetzt im Gefängnis einsaß. In jeder Hinsicht eine Charakterlosigkeit ohne Ende. Der heute immer noch bekannten und sehr geschätzten, ehemaligen Eiskunstläuferin muss ich in Erinnerung an meinen Kameraden und Mithäftling Heinz W. den großen Vorwurf machen, dass sie sich von den Machthabern der DDR w i l l e n l o s korrumpieren ließ. Und nur deshalb, weil sonst ihre Auftritte um sportliche Lorbeeren im westlichen Ausland keine Wiederholung gefunden hätten. Aber so waren sie halt, die Sportskanonen des real existierenden Sozialismus, sie waren nur darauf bedacht, keinerlei falsche Äußerungen zu tätigen, um ihr Auftreten im internationalen Wettbewerb nicht zu gefährden. Wer wollte denn schon gern auf einen Start im westlichen Ausland verzichten! Mich hatte die Reaktion von Heinz so beeindruckt, seine Enttäuschung und die Erkenntnis, fallen gelassen worden zu sein wie eine heiße Kartoffel. Dabei war sein Talent, den Kindern und Jugendlichen etwas beibringen zu können, offensichtlich nicht zu übersehen. Die erfolgreichen Sportler, die Heinz auf Hochform gebracht hatte, übernahm dann meistens eine ältere Trainerin, die eine linientreue Genossin aus Karl-Marx-Stadt war und heute die Ehrenbürgerschaft dieser Stadt besitzt. Hinzuzufügen sei noch, bei Vorstellung von lernfreudigen Kindern, heute sagt man Casting dazu, hätten die Mamas ihrer Schützlinge unter anderem auch durch persönliche Gegenleistungen eine Anmeldung zum Training erreichen wollen. Diese Enthüllungen von Heinz besprachen wir noch einige Male.

Weil Heinz ein begeisterter Zierfischliebhaber war, gab es weitere Unterhaltungen über Anlegen eines Aquariums, Zuchterfolge und dergleichen mehr. Wir gingen in Gedanken verschiedene Wege und Plätze unseres gemeinsamen Ortes ab, sprachen über Gott, über Kindererziehung und sogar über eventuelle spätere gegenseitige Besuche, wenn wir wieder in Freiheit wären.

Heinz berichtete mir, warum einer seiner anberaumten Gerichtstermine geplatzt war. Für den Prozess war er von Berlin nach Karl-Marx-Stadt verlegt worden, hier im Heimatbezirk musste der Prozess vor dem Bezirksgericht stattfinden. Plötzlich traten bei ihm starke Schmerzen und Krämpfe im Bauchraum auf. Man stellte hohes Fieber bei ihm fest. Eine sofortige Unterbringung in ein Krankenhaus war geboten. Weil es aber nur ein Haftkrankenhaus in Ost-Berlin gab, wurde er mit einem Gefängniskrankenwagen in einer fast zweieinhalbstündigen Fahrt dorthin verbracht. Wenn ich mich recht besinne, war es eine Entzündung der Bauchspeicheldrüse.

Indes hatten wir beide keine Verhöre mehr und warteten auf den Fortgang unserer Angelegenheiten. Deshalb machten wir es uns „kuschelig“ in unsrer Zelle, sobald wir vom Freigang aus den „Schweineboxen“ zurück waren.

Jeden Morgen tranken wir unseren extra Kaffee, Marke „Mocca-fix“, dafür wurde eigens heißes Wasser von den „Schließern“ bereitgestellt. Es tat uns „gut“, dass wir so unsere Wirtschaft mit ankurbeln konnten, weil dieser Kaffee ja eines der Spitzenprodukte der DDR war und der Kaufpreis dazu „spitzenmäßig“. Wenn es schon keine Möglichkeit des Gelderdienens in der UHA für uns gab, wollten wir wenigstens diesen „Luxus“ genießen.

Wenn der genussreiche Teil des Kaffeetrinkens vorbei war, widmeten wir uns unserer Spielleidenschaft. „Mensch ärgere dich nicht“, jeder mit zwei Parteien, das ernannten wir für uns zum Topfavorit. Damit wir nicht den Unwillen der „Schließer“ auf uns zogen, erfolgten die Spiele mittels einer untergelegten

Decke „lärmgebremst". So beschäftigten wir uns mehrere Stunden am Tage, um der Tristesse den Kampf anzusagen. Beliebig unterbrachen wir die „Gefängnismeisterschaften im Doppelparteien-Mensch-ärgere-dich-nicht", um keinen Koller abzufangen.

Heinz war in Topform, denn schon beim Aufstehen am Morgen begann er mit Freiübungen und „Lauftraining" in der Zelle. Für mich die Zeit, um durch das Lesen der Bibel und Gebet meine Kraftreserven für den neuen Tag zu erneuern. Ich hatte mir selbst aufgegeben, alle meine bisherigen Mithäftlinge in jedem Gebet namentlich mit zu benennen, damit ich keinen Namen vergessen konnte. Papier und Bleistift gab es bekanntlich nicht für uns und so trainierte ich mein Hirn. Grund dafür, Namen ja nicht zu vergessen, war dieser: Wir hatten uns alle versprochen, wer zuerst im Westen ankam, der musste Meldung abgeben, wer noch an politischen Häftlingen einsaß. Einer meiner ersten Berichte, die ich im Übergangslager Gießen schrieb, als ich wieder in Freiheit war, war die Namensliste meiner ehemaligen Zellengenossen.

Etwa um den 20. Mai 1987 fand der Prozess von Heinz W. vor dem Bezirksgericht Karl-Marx-Stadt statt. Mehrere Tage waren dafür angesetzt, selbst die Öffentlichkeit hatte dafür Zugang, Presse und Rundfunk waren zugegen. Wenn Heinz morgens zum Prozess abgeholt wurde, so stellte der groß gewachsene, grau melierte Herr noch etwas dar. Aber es half ihm alles nichts. Mit jedem zu Ende gegangenen Prozesstag wurde Heinz einsilbiger und verschlossener. Die Unerbittlichkeit der Mächtigen, sie wollten doch von diesem Prozess für sich selbst Kapital daraus schlagen, gab keinen Spielraum her für strafmildernde Umstände. Nicht mal das schon damals hohe Alter von ihm, er war weit über die 70 Jahre alt, erkannte man an. Erst recht nicht seinen angeschlagenen Gesundheitszustand. Als er nach der Urteilsverkündung in die Zelle kam, begegnete ich einem um Jahre gealterten Mann. Sein Urteil: 15 Jahre Gefängnis! Es haute mich mit um, die Welt war für mich aus den

Angeln geraten! So sehr, wie mich mein eigenes Erleben beeinflusste, aber die Sache mit Heinz ging mir unter die Haut. Wie „glücklich“ wäre ich gewesen, wenn Heinz sich auf Gebete mit eingelassen hätte. So suchte ich allein Trost bei meinem Herrn für ihn. Heute weiß ich, diese Zeit mit Heinz W. war eine der eindrücklichsten Wochen, die ich in der Zwingburg der Menschenfeinde verbringen musste, dabei vergesse ich nicht, was auch die Zeit mit Wolfgang Cäsar für mentale Anforderungen an mich bzw. uns gestellt hatte!

Es war abzusehen, dass die „schöne“ Zeit mit Heinz bald Vergangenheit sein würde. Nach einem gesprochenen Urteil ging es relativ schnell danach in den regulären Strafvollzug.

Kurz vor seinem Abtransport nach Brandenburg (hier saßen nur schwere Jungs ein) sagte er zu mir: „Sollte ich es nicht schaffen, den Strafvollzug unbeschadet zu überstehen, dann mache ich meinem Leben ein Ende, und jetzt sage ich dir, wie!“ Danach schilderte er mir genau den Ablauf seines Vorhabens, die dazugehörigen Umstände möchte ich aber dem geneigten Leser ersparen.

Wie erwartet holte man Heinz am Morgen des 25. Mai aus unserer Zelle ab, um ihn nach Brandenburg/Havel in den Strafvollzug zu überstellen.

Wenn es möglich gewesen wäre, so sollte dieser Tag nie stattgefunden haben. Ich versprach Heinz, wenn ich meinen Aufenthalt im Gefängnis überstanden haben würde, unternähme ich alles, damit er die Freiheit nochmals erleben könne. Und um seine Frau wollte ich mich ebenfalls kümmern!

Wie schon erwähnt erstellte ich nach meiner Ankunft in Gießen eine entsprechende Namensliste von Häftlingen, darunter auch jener Name von Heinz W., obwohl er nicht unbedingt zu den politischen Häftlingen gezählt werden durfte. Im Laufe der ersten Jahre erreichte ich durch mehrere Schreiben an Hilfsorganisationen und Behörden, dass die Frau von Heinz betreut wurde, meine Eltern besuchten dessen Frau mehrmals.

Als ich nach der Wende die Möglichkeit hatte, wieder nach Karl-Marx-Stadt (jetzt endlich wieder Chemnitz) zu fahren, besuchte ich sie jedes Mal mit. Mit Heinz stand ich in regelmäßigem Briefkontakt.

Für Heinz schrieb ich wohl als einer der Ersten Briefe an damals sehr bekannte Personen in der Regierung und bat für ihn um Begnadigung. Mittlerweile gab es dann von anderen Stellen ebenfalls Bemühungen für seine Begnadigung. Vorerst gab es nur Absagen, aber nach mehr als der Hälfte seiner abgesessenen Zeit wurde Heinz begnadigt. Für mich eine Genugtuung, hatten wir doch beide schlimme Tage erlebt.

Mehrere Male haben wir uns noch gesehen, bevor Heinz W. in Freiheit starb.

Am gleichen Tag erhielt ich gegen Abend einen neuen Zellengenossen, es war Joachim B. Er hatte in Unterhaltungen mit anderen seinem Unmut über die miserablen Zustände in der DDR Luft gemacht. Sein Vergehen nannte man „öffentliche Herabwürdigung".

Die wir heute in einem demokratischen Rechtsstaat leben können, wir sollten alles dafür unternehmen, damit Diktaturen in Deutschland nie wieder eine Chance haben!

Von nun ab begann das Zusammenleben mit einem Neuen in immer kürzeren Abständen. Kaum hatte ich mich mit Joachim angefreundet, er war in der Nähe von Brand-Erbisdorf beheimatet, da stand unsere Trennung schon wieder bevor.

Der nächste Mithäftling war Peter K. aus Gelenau im Erzgebirge, sein Vergehen war Republikflucht. Die „Straftäter" wurden immer jünger, ich wunderte mich, wieso diese Inhaftierungen nicht mehr in der Öffentlichkeit zum Gesprächsthema gemacht worden waren etwa nach den Motto: „Weißt du schon, der und der sitzt auch!"

Wenige Zeit darauf ging es für mich in eine Zelle, wo schon zwei Häftlinge „brummten". Es war Hans N. aus Schwarzenberg im Erzgebirge und der zweite nannte sich mit Familienname Franke, Vorname ist mir leider entfallen, auch deren Delikte. Was allerdings bemerkenswert war, die Jungs, die ich in den letzten Wochen noch zu Gesicht bekam, die kannten mich schon alle. Wir hatten uns vorher noch nie gesehen, aber der Funk durch die „Mauerspechte“ funktionierte wahrscheinlich bestens. Man wusste von mir, dass ich bereits acht Monate in U-Haft war, und aus dem Grund genoss ich größtes Ansehen bei meinen Mithäftlingen. Jeder wollte wissen, was ich ausgefressen hatte. Danach wurden die meisten still. Des Weiteren verstanden sie nicht, wie ich das bis dahin ausgehalten hatte. Ich sagte ihnen, nur mit Gottes Hilfe, und zeigte dabei auf mein kleines, grünes Neues Testament. Es war Anlass für nachfolgende Erörterungen zum Thema Gott. Bereitwilligst ging ich auf solche Anfragen ein. Wenngleich die Umstände meiner Inhaftierung mir so zugesetzt hatten, so glaubte ich wenigstens, nicht umsonst alles erduldet haben zu müssen, weil da Menschen waren, die nach Gott fragten, denn auch ihnen stand die Angst im Gesicht geschrieben. Doch meine Leidenszeit sollte erst noch richtig beginnen!

Meine Vorahnung über bevorstehende Veränderungen hatte mich nicht betrogen, am 8.7.1987 gegen Nachmittag holte man mich und sperrte mich danach in eine leer stehende Zelle. Dort händigte man mir in Schriftform die Niederschlagung meiner Berufung vom Obersten Gericht in Berlin aus. Nach meiner Kenntnisnahme verbrachte man mich wieder in meine Zelle zurück. Von da an musste ich mit meiner Überstellung in den Strafvollzug rechnen. Das bedeutete ab da eine härtere Gangart, die ich bisher nur vom Hörensagen kannte. Davon hatte ich in den vorangegangenen Wochen oft Albträume gehabt und mein Allgemeinzustand befand sich erneut im „Keller“. Die Angst und die große Unruhe vor dem, was nun auf mich warten würde, lähmte mich kolossal, wäre da nicht die Möglichkeit des sich zu Gott Flüchtens gewesen. In aller Bangigkeit drang doch dann und wann der wärmende Strahl der Liebe Gottes zu mir durch und tröstete mich.

Am 10. Juli 1987 war die „Schonzeit" zu Ende und der „normale" Wahnsinn des Strafvollzugs erwartete mich. Ich wurde im gleichen Gefängniskomplex zu allen anderen sonstigen Straftätern verbracht. Ab hier war das Ministerium des Innern zuständig und mein Status als „politischer" Häftling hatte keine Bewandtnis mehr. Trotzdem merkte man die Verzahnung zwischen dem Ministerium für Staatssicherheit und dem vorhergenannten Ministerium. Ich wurde zu einem Frank Z. gesperrt, der wegen Schlägerei und Körperverletzung einsaß. Für mich ein ganz „angenehmer" Mithäftling. Da ich hier auf den Abtransport nach Cottbus, Bautzen oder Brandenburg warten musste, wurde ich nicht einem Arbeitskommando unterstellt. Als Frank Z. verlegt wurde, bekam ich einen Mann in die Zelle, der so um die 50 Jahre alt gewesen sein musste. Er hatte mehrfach mit seiner Tochter geschlafen. Seinen Namen habe ich mir nicht merken können. Das war ein neuer Aspekt, mit dem ich mich auseinanderzusetzen hatte. Wie verhält man sich in solch einem Fall? Der Mann war total unglücklich und beteuerte ein ums andere Mal: „Wir hatten uns doch so lieb, ich habe doch meiner Tochter keine Gewalt angetan!" Ich versuchte ihn aufzumuntern, aber selbst für mich ein schwieriges Unterfangen. Wie ich später noch mehrmals in Erfahrung bringen musste, waren die Häftlinge, die mit der Sitte in Konflikt geraten waren, diejenigen Sträflinge, die den schlechtesten Stand bei Wärtern und Mitsträflingen hatten, erst dann kamen die „Politischen". Aber vor ihnen, den „Sittenstrolchen", musste ich mich niemals fürchten, weil es darunter keine Schlägertypen gab.

Am Morgen des 15. Juli 1987 ging es für mich in aller Frühe auf „Transport". Ich wurde in eine kahle Zelle gesperrt, darinnen bereits ein Häftling saß. Bei seinem Anblick, ohne den Mann jetzt dabei verletzen zu wollen, wurde mir übel. Solch ein Typ von Mensch war mir bisher im Leben noch nicht begegnet. Sein Erscheinungsbild wirkte auf mich deprimierend und ich musste mich zwingen, in sein Gesicht zu schauen, um nicht seinen Unmut auf mich heraufzubeschwören.

Er hatte einen extrem dünnen Hals, sein Kopf die Form einer Birne und auf den dünnen Hals aufgesetzt. Zwei größere Warzen an der Wange und seine Augen blickten kalt und ausdruckslos. Ab und an versuchte ich nach unten zu blicken, aber irgendetwas in mir zwang mich immer aufs Neue, in dieses hässliche Gesicht schauen zu müssen. Dann murmelte er so was wie: Die sollen sich endlich mal beeilen.

Dann ging die Tür auf und man befahl uns, dem Wärter zu folgen. Wir durchschritten Treppen und Flure, wo überall Wärter postiert waren, der Sicherheit wegen. Ständig wurde gerufen: „Tempo, Tempo!"

Dann gelangten wir wie in eine Schleuse. Darinnen stand ein größerer, vielleicht ein vier Tonnen schwerer Lkw mit geschlossenem Aufbau und jeweils zwei kleinen vergitterten Fenstern. Dahinein mussten wir steigen. Nachdem die Logistik des Transports aus dem Gefängnis für die Wärter abgeschlossen war, setzte sich der Gefängnistransporter in Bewegung. Der Lkw fuhr in eine Richtung, die für mich nicht erklärbar war, weil ich keinen Ausblick nach draußen hatte. Lediglich zwei Dachluken im Lkw waren schräg nach oben stehend geöffnet, um etwas Luft hereinzulassen. Bereits um ca. 9 Uhr war es schon sehr warm, sodass die Temperatur im Lkw schon bald „Kochstufe" hatte. Seit mehr als neun Monaten hatte ich keine Sonne mehr richtig gesehen und keine belaubten Bäume. Durch die geöffnete Dachluke erhaschte ich ab und an einen Sonnenstrahl und erblickte zu meiner Freude die großen Blätter von Kastanienbäumen, das Grün kam einer Offenbarung gleich.

Unsere Fahrt endete nach knapp einer halben Stunde Fahrzeit. Der Wagen hielt, aber wir durften noch nicht aussteigen. Im Fahrzeug wurde es unerträglich heiß. Nach einiger Wartezeit wurde es draußen immer lauter, Motorenlärm und Stimmengewirr. Dann hieß es: Aussteigen! Um uns herum standen im Kreis mehrere Gefängniswagen. Diese versperrten uns den Blick nach außen, aber auch den Passanten den Blick nach innen zu uns. Die Wagen brachten aus verschiedenen Gefängnissen Sträflinge, die in andere Anstalten verlegt wurden. Jetzt erst bemerkte ich, wo wir uns befanden. Wir standen am Ende des Hauptbahnhofs von Karl-Marx-Stadt in unmittelbarer Nähe des ehemaligen Hotels am Schlachthof. Jetzt wurden wir immer zwei Mann mit Handschellen aneinandergefesselt und dann ging es im Fußmarsch unter Bewachung von Wärtern mit MP's und Hunden in Richtung Hauptbahnhof. Am Ende des Güterbahnhofs stiegen wir eine Treppe hinunter und marschierten dann unterirdisch über ein Gängesystem weiter in Richtung Hauptbahnhof. Die Gänge waren sehr schmal, sodass wir Aneinandergeketteten Probleme mit dem Laufen bekamen, woraufhin die Hunde schon knurrten. Für mich war das so aufregend, dass mir später dazu einfiel, welch eine logistische Leistung es gewesen sein musste, sich mehrere Gefängnistransporter zur gleichen Zeit aus verschiedenen Gegenden an einem Platz treffen zu lassen, dort die Gefangenen paarweise anzuketten, ohne dass die Bevölkerung davon etwas mitbekam, und dann noch pünktlich am Zug zu sein!

Wir befanden uns also noch auf dem Fußmarsch unter dem Hauptbahnhof in Richtung Bahnsteige. Zuallerletzt hätte ich als Karl-Marx-Städter Bürger ahnen können, dass der Hauptbahnhof von solch einem Gängesystem unterkellert war. Wiederum nach etwa 20 Minuten transportierte man uns mit einem Lastenaufzug auf einen der letzten Bahnsteige, es war wohl der Bahnsteig Nummer 12. Was mir auffiel, die Öffentlichkeit wurde von uns ferngehalten. Das vordere Drittel des Bahnsteigs war gesperrt, also für die Bevölkerung verboten, dahin zu kommen, solange der Zug noch nicht abgefahren war, der uns wegbringen würde. Die Gefangenen mussten sich ganz dicht an die Bahnsteigsgebäude hinstellen und mit dem Gesicht fast das Mauerwerk berühren, damit nicht per Zufall jemand erkannt werden konnte.

Dann fuhr der Zug ein. Wenn mich meine Erinnerung nicht trügt, war es der D-Zug Dresden nach Erfurt bzw. nach Meiningen.

Nach der Lokomotive kamen zwei Wagen, die ich sofort erkannte, es waren die Gefängniswagen, diese Wagen, worüber ich mir immer den Kopf zerbrochen hatte. In dem Haus nämlich, in dem ich vor meiner Inhaftierung wohnte, verliefen am Ende des Gartens die Eisenbahnschienen der Strecke Dresden nach Plauen oder aber Dresden nach Erfurt. Wenn ich während meiner Spätschichtwoche bei schönem Wetter im Garten war, dann konnte ich den Zugverkehr genau beobachten. So fielen mir an einigen Tagen diese unüblichen Wagen auf, die am D-Zug Dresden–Erfurt gleich nach der Lok hingen. Jetzt musste ich den Kopf nicht mehr anstrengen, nun kannte ich des Rätsels Lösung. Es war mir sogar vergönnt, damit Bekanntschaft zu machen, worauf ich natürlich gern verzichtet hätte. Die Zellen in solch einem Wagen waren ca. einen Meter mal 1,50 Meter und üblich hoch, wie Eisenbahnwagen sind. Mir gegenüber saß ein weiterer Häftling, der zu einem Gerichtstermin verbracht werden musste. Als der Zug sich in Bewegung setzte, war mir klar: In ca. zwölf Minuten führe ich an unserem Haus vorbei. Keiner aus meiner Familie ahnte das bzw. wusste das. Je näher ich der Stelle kam, an der der Zug an unserem Haus vorüberfahren würde, umso mehr krampfte sich mein Herz zusammen und die Tränen stiegen mit Macht empor. Aber es hieß, sich zusammenreißen, denn Schwäche war bei den harten Jungs verpönt. So weinte ich im Stillen bitterlich und dachte dabei an Christine, meine Jungs, meine Eltern. Hinzu kam der Zweifel, wo war Gott geblieben, musste ich den Becher jetzt bis zur Neige trinken?

Zu trinken gab es abscheulich schmeckenden Malzkaffee, den ich nur aus Verzweiflung schluckweise trank, um nicht restlos zu verdursten. Wie ich in einem Gespräch von den Wärtern mitbekam, war es an diesem Tag gegen 12 Uhr mittags bereits über 30 Grad warm, im Zug also noch einiges wärmer.

Nun fuhr ich einer dazu ungewisseren Zukunft entgegen: Wann würde ich wohl Christine wiedersehen, wann meine Eltern und wann meine Söhne?

Durch ein kleines, vergittertes Fenster kam etwas Luft herein und erlaubte ein kleines Blickfeld. So erkannte ich den Erfurter Hauptbahnhof und später dann den Bahnhof in Meiningen. Hier wurden wir auf ein Abstellgleis gebracht und mussten auf den Zug aus Hildburghausen warten, weil von da erneut Häftlinge zu erwarten waren. Die Zeit des Wartens war wie im Backofen, keine Luftbewegung, die Zelle zu klein, um hin und her laufen zu können. Ich hatte das Gefühl, am Verschmachten zu sein, dazu der üble Kaffee. Ich hatte keine Ahnung, dass dieser Gefängniswagen durch die ganze Republik (DDR) gekarrt würde, bevor ich am nächsten Morgen gegen 6 Uhr in Cottbus aussteigen durfte.

Irgendwann wurde der Wagen an einen anderen Zug angehangen und die Fahrt begann von Neuem. Ich schwitzte und döste vor mich hin, bei Gelegenheit kam wieder mal ein Häftling in meine Zelle und stieg wieder aus.

Wohin die Fahrt noch ging, ob über Schwerin und die Ostseeküste oder auch über Berlin (Ost), ich habe daran keine Erinnerung mehr. Die Nacht deckte alles zu, alle Ungerechtigkeit, alle Gemeinheit, meine totale Erschöpfung, wieder einmal kam ich mir vor, wie ausgespien zu sein. Dann, am frühen Morgen, als ich gerade wieder aufs Neue in einen nicht erholsamen Dämmerschlaf gefallen war, hielt der Zug mit lautem Kreischen an. Meine Zellentür wurde aufgerissen, ich bekam die Handschellen dran und der unsägliche Transport hatte ein Ende. Auf dem Bahnsteig das schon bekannte Bewachungskommando. Die Menschen, die gerade zur Arbeit unterwegs waren, starrten uns an, fast wäre ich der Meinung gewesen, dass sie dabei Genugtuung empfanden. Schließlich war in Cottbus eines der bekannten Gefängnisse, wohin man gern „Politische" verbrachte. Immer wieder strahlte das auch das ZDF in seiner bekannten Sendung Kennzeichen „D" aus.

Meine Müdigkeit war wie weggeblasen, denn der Gedanke, was mich nun erwartete, ließ meinen Adrenalinspiegel ansteigen. Wie wir in den Gefängniskomplex Cottbus gelangten, ist mir nicht in Erinnerung geblieben, vielleicht lag es daran, dass mein Aufnahmevermögen nicht mehr funktionierte, weil die 20-stündige unzumutbare, menschenverachtende Bahnfahrt an die Grenze meiner Leistungsfähigkeit gegangen war. Die neun Monate währende Untersuchungshaft hatte doch bereits schon Spuren an Körper, Seele und Geist hinterlassen. Hinter den Gefängnismauern angekommen ging es durch den Komplex, danach gebot man uns Halt und der Befehl erscholl: Gesicht zur Wand!

Einige von den Neuankömmlingen standen auf der rechten Seite von einem Tor, andere auf der linken Seite. Hinter der Mauer hörte man Stimmen, nach einer Weile hieß es erneut: Gesicht zur Wand! In dieser trostlosen Situation, ich wähnte mich von aller Welt verlassen, ging das Tor, neben dem wir standen, auf und heraus kam ein kleiner Trupp Sträflinge. Ganz leicht hatte ich mein Gesicht der Truppe zugewendet, als ich plötzlich das Gesicht von meinem ehemaligen Mitgefangenen Erwin Makarenko erkannte und er das meine. Einen kurzen Blickkontakt tauschten wir aus und es war mir so, wie wenn ich einem Engel begegnet wäre. Obwohl Erwin mit Gott nichts am Hut hatte, dennoch nahm ich es so wahr.

Das Tor blieb für uns geöffnet und wir mussten hindurchgehen. Es gab den Blick frei auf den Hof, in dem der Freigang stattfand. Wir drehten einige Runden, danach verbrachte man uns in den sogenannten Zugangstrakt. Welch eine Freude war es für mich, als ich Erwin erneut zu Gesicht bekam. Später, als ich mit ihm für kurze Zeit allein sein konnte, erzählte er mir von seinem Ergehen und wir umarmten uns erst einmal. Das war kein Zufall, dass ich Erwin hier wiedersehen konnte. Gott hatte einen sichtbaren Tröster für mich bereitgehalten in all dem Dunkel, das mich gerade umfing. Erwin war hier auf „Zugang“ zum Butler des Oberaufsehers bestellt. Auf Zugang kamen alle Neuen. Jeder wurde zu Beginn seines Strafvollzugs hier durchgeschleust, um die Verhaltensregeln eingebläut zu bekommen. Am Nachmittag holte mich Erwin plötzlich zu sich und zeigte auf den Hof. Und wen sah ich da laufen? Wolfgang Cäsar. Ach, was war ich froh, liebe Menschen in meiner Nähe zu wissen, wenngleich wir alle restlos dem über uns herrschenden Machtapparat ausgeliefert waren und später noch dem Mutwillen unserer Mitgefangenen.

Die Verhaltensmaßregeln begannen damit, zu lernen, wie ein Bett auszusehen hat, wie man mit dem Personal umzugehen hat, wie der tägliche Ablauf ist und nicht zuletzt, wo man als billige Arbeitskraft eingesetzt würde. Mit dem Chef des Zugangs sollte ich bald Bekanntschaft machen. Unter den Häftlingen nannte man ihn RT, das hieß so viel wie Roter Teufel oder Roter Terror.

Es war seine vornehmste Aufgabe, uns „Politischen" Schliff beizubringen.

Bei mir sah das so aus, dass er mir zeigte, wie ein Bett ordentlich gemacht auszusehen hätte. Er kam mit einem 2 Meter langen Stahlmaß an und legte es an die Kante der eingeschlagenen Bettdecke, und da durfte nichts überstehen! Als ich an der Reihe war mit dem Bettrichten, kam er dann bei Gelegenheit vorbei, legte das Stahlmaß an, schüttelte den Kopf und brüllte: „Noch mal!". So ging das eine Weile, immer wieder riss er das gemachte Bett ein und ich begann von Neuem. Irgendwann hatte ich es mit der Schikane satt und tat so, als hätte ich es schon wieder neu gerichtet. Aber ich hatte die Rechnung wieder einmal ohne den Wirt gemacht, RT hatte hinter einer Tür gestanden und mich beobachtet. Er kam wie von der Tarantel gestochen hervorgeschossen und brüllte mich an. Zur Strafe musste ich mich auf den Gang stellen und er drückte mir eine mehrseitige gedruckte Hausordnung in die Hand. Dann befahl er mir, die Hausordnung laut vorzulesen; wann es reichen würde, das bestimmte er.

Nach etlichen lauten Vorlesungen klebte mir die Zunge am Gaumen, ich drosselte meine Stimme und schon kam er wieder um die Ecke geschnellt und schrie: „Solche wie euch hätte der Adolf Hitler vergast, wir würden das Gleiche mit euch machen, aber wir dürfen das leider nicht!" Das gab mir den Rest und ich las ab sofort noch leiser, sollte er mich doch umbringen, wenn er mochte. Irgendwann kam Erwin vorbei und gab mir heimlich ein Glas Wasser zu trinken. Gegen Mittag durfte ich gnädigerweise mit dem Vorlesen aufhören.

Mein Zellengenosse war ebenso ein Neuzugang wie ich, es war Andreas P. von der Ostsee. Wie sich herausstellte, war er der evangelischen Kirche zugehörig und jemand, mit dem ich endlich wieder über Gott reden konnte. Er war noch sehr jung, vielleicht gerade 24 Jahre alt. Wir verstanden uns sofort gut, schließlich war er ebenfalls politisch inhaftiert. Wenn mir meine Erinnerung keinen Streich spielt, wollte er wohl über die Ostsee die DDR für immer verlassen. Nun saßen wir gemeinsam ein und fürchteten uns vor den schweren Jungs. Unser Bleiben auf Zugang dauerte nicht lange, dessen waren wir gewiss. Außerdem wusste Erwin in etwa, wie lange es dauerte, bevor man in die „Höhle des Löwen" abkommandiert wurde. Hier im Strafvollzug bekamen wir die Zeitung am Tage ihres Erscheinens zu lesen, stets ein offenes Fenster nach außen, sofern die sozialistische Presse überhaupt in der Lage war, Berichte zu veröffentlichen, die über den Tellerrand des Sozialismus hinausschauen durften. Andreas und ich, wir bereiteten uns schon systematisch auf die Wirklichkeit des rauen Strafvollzugs vor, soweit es vom Gehörten her möglich war. An einem Nachmittag saßen wir in unserer Zelle und ich sprach mit Andreas über meine bisherigen Erlebnisse in der Untersuchungshaft, natürlich auch über den Psalm 91, der mein Mutmachpsalm während der ganzen Zeit war. Ich verschwieg ihm auch nicht, dass für mich der Vers 15 sehr zum Trost und zur Hoffnung geworden war, wo es heißt: „… ich bin bei ihm in der Not, ich, Gott, werde ihn herausreißen und bringe ihn zu Ehren."

Während wir darüber sinnierten, was das wohl bedeuten könne, das Herausreißen, verbreitete sich auf dem Zellengang enorme Unruhe. Vorerst schenkten wir dem keine Bedeutung, doch die Verwirrung wollte kein Ende nehmen. Heute kann ich nicht mehr sagen, wer uns damals an diesem 18. Juli 1987 die Zeitung in die Hand gegeben hat, aber mit dem Wortlaut des Artikels auf der ersten Seite begann für mich das „Herausreißen". Eben hatte ich mit Andreas noch darüber gesprochen, woran ich mich felsenfest orientierte, da geschah das Wunder. Ich möchte dies hier in aller Bescheidenheit zum Ausdruck bringen, aber mein Gott hatte sich der Ungerechtigkeit erbarmt, und gerade zu der Zeit, als ich nun jeden Tag damit rechnen musste, in den Strafvollzug zu kommen, da nahte die Erlösung.

Der Staatsrat der DDR hatte aus Anlass des 38. Gründungstages der DDR eine allgemeine Amnestie erlassen. Eine sehr lange Zeit hatte sowas nicht mehr stattgefunden, ausgerechnet jetzt, als ich nun zu drei Jahren und acht Monaten Gefängnis verurteilt worden war und mich kurz vor Überstellung in den „echten" Knast befand, da war das Licht am Ende des Tunnels schon wahrzunehmen. Ich las den Artikel der Zeitung mehrmals, um nicht denken zu müssen, es sei ein Märchen. Ich bin mir nicht mehr sicher, ob wir uns aus Freude umarmten oder ob ich nur ein Dankgebet nach dem anderen Gott darbrachte.

Bis zum 12. Dezember 1987 sei diese Aktion abzuschließen, allerdings für ehemalige Kriegs- und Naziverbrechen, Spionage und Mord sei es nicht anwendbar.

Sogleich musste ich an Heinz W. denken, für ihn galt das nicht. Das stimmte mich hernach auch wieder traurig.

Mit diesem Wissen hoffte ich über genügend Gelassenheit verfügen zu können, um spätestens am 12.12.1987 wieder in Freiheit zu sein.

Noch heute glaube ich an dieses wunderbare Ereignis, das Gott für mich in jenen Tagen geschehen ließ und für so viele andere Mithäftlinge ebenfalls, wenngleich nicht alle an ein Wunder glauben wollten!

Als ganz sachliche Erklärung kann man in dem Fall den bevorstehenden Besuch von Honecker in der Bundesrepublik als Ursache sehen. Die bundesdeutsche Regierung hatte wohl zur Bedingung des Besuchs von Honecker gemacht, es dürfe keine politischen Häftlinge mehr in der DDR geben. Daraufhin erfolgte sicherlich mit Widerwillen die Amnestie, die nun auch den kriminellen Straftätern zugute kam, weil es nach Aussage der Machthaber in der DDR keine politischen Gefangenen gab, eben nur kriminelle Straftäter. Somit hatte sich die DDR ein Eigentor geschossen!

Für alle jene „Politischen", die unbedingt nach Deutschland-West wollten, deren Vorhaben war damit infrage gestellt. Mir war das für den Moment gleichgültig, ich wollte nur zu meinen Lieben und die Freiheit dazu.

Am 21.7. kam ich in den Strafvollzug. Wenngleich die Aussicht auf Entlassung sehr nahegerückt war, ging es doch noch einmal gewaltig ans „Eingemachte". Man ordnete mich einer Zelle zu, die mit ca. 15 Personen belegt war. Die Stahlbetten waren zweistöckig, zum Teil dreistöckig, für alle gab es nur ein WC. Die Waschbecken reichten am Morgen nicht aus, um für alle Platz zu haben, ständig gab es deshalb Zank. Der Neue, in dem Falle ich, hatte von vornherein schlechte Karten. Von Beginn an hatte ich den Eindruck, jeder war sich hier selbst der Nächste, Gemeinsamkeiten gab es höchst selten und die „politischen Häftlinge" litten unter der Macht der Kriminellen. Wie ich schon wusste, wer Angst zeigte, der hatte verspielt, der wurde zum Prellbock aller. Unter diesem Gesichtspunkt versuchte ich meinen Platz zu finden. Die Wochenenden waren frustrierend, die Kriminellen sorgten für Unruhe, die Politischen versuchten das Wochenende mit schlafen zu überstehen. Ich musste erkennen, es würde noch eine Durststrecke werden bis spätestens zum 12.12.1987. Im Wiederholungsfall lag ich Gott erneut in den Ohren. All die Lieblosigkeit, die Provokationen der Mithäftlinge, die Unwahrheit, die Unverbindlichkeiten, das Misstrauen, die Einsamkeit trotz 15 Personen, all das machte mir zu schaffen. Selbst über Gott wollte hier keiner sprechen.

Immer ging es darum, sich keine Blöße zu geben. Anfänglich vereinnahmten mich die gesamten Umstände und ich fühlte mich wie ein Tier, das auf den Schlächter wartet. Hinzu kamen noch die verschiedenen Schicksale meiner Mithäftlinge, die mir so nach und nach bekannt wurden, stets aber nur scheibchenweise. Man warnte mich vor einem Häftling, der gerade auf Krankenstation war, wenn er wieder mit in der Zelle sei, höre die Provokation nimmer auf. Dann kam er, der junge Zellenälteste vom Krankenrevier zurück. Ab da war es mit der „Ruhe" vorbei. Aber ich erlebte eine Überraschung, er erklärte sich zu meinem Beschützer. Ganz lässig sagte er in die Runde: „Wer den Neuen nicht in Ruhe lässt, dem haue ich eins auf die Fresse." Ich hatte wieder Grund zum Danken.

Als Arbeit war mir übertragen worden, das verdiente Geld der Häftlinge mittels einer mechanischen Buchungsmaschine zu verbuchen, wie ich sie von meiner ehemaligen Ausbildung her kannte. Nach dem Frühstück verbrachte man uns in einen Raum, in dem wir Verwaltungsarbeit leisten mussten. Der Raum war abgeschlossen und erst zu Mittag wieder geöffnet, wenn wir zum Essen marschieren mussten. Nach dem Essen ging es dahin zurück.

Mit einigen meiner Mithäftlinge, sprich auch jetzt Arbeitskollegen, ergaben sich nach und nach doch Berührungspunkte.

Ich war erschüttert, wie lange manche von ihnen schon in Cottbus einsaßen. Der eine war Steffen O., ein anderer hieß Matti. Sie waren ehemalige Soldaten der NVA und hatten sich den Ordnungen und Befehlen widersetzt, glaube sogar, dass Republikflucht mit im Spiel war, aber so wirklich habe ich dies nicht behalten können. Beide trainierten nach der Arbeit täglich, um konditionell nicht nachzulassen. Kniebeugen, Wassereimer mit den Beinen anheben und dergleichen.

Auch ein gewesener Sportarzt, Gunther H., war unter uns. Ich fragte mich, wie es möglich war, solch einen Fachmann einfach „einzulochen“. Aber den Machthabern ist bis zum Schluss nichts „heilig“ gewesen.

Dann war da noch Heinz T. Von ihm erfuhr ich, dass er schon über fünf Jahre abgebrummt hatte und dabei unter der Macht der Kriminellen Schaden an Leib und Leben hatte hinnehmen müssen. Alle diese Neuigkeiten versetzten mich dermaßen in Unruhe, dass ich mitunter schon nicht mehr an die Amnestie dachte. Meine Beobachtungen waren wohl richtig, dass sich zwischen Kriminellen und Politischen keine spürbaren Beziehungen herstellen ließen, was nicht verwunderlich war. Aber das Sagen hatten die Kriminellen trotzdem, und das mit Billigung von oberster Stelle. An diesem Punkt muss man heute noch mit Nachdruck feststellen, wie menschenverachtend das Regime der DDR war. Zuerst inhaftierte man Personen, die das Recht der Meinungsfreiheit ausüben wollten, dann verurteilte man sie zu nicht unerheblichen Strafen und sperrte sie letztendlich mit allen Gesetzesverletzern in ein und dasselbe Gefängnis. Hier und heute behaupte ich, es war eine Bestrafung im doppelten Sinne: Menschen, die sich nach Meinungsfreiheit oder Reisefreiheit sehnten, aber sonst verlässliche Personen waren und moralisch einwandfreie Lebensformen kannten, die sperrte man zu Leuten, deren kriminelle Energien bekannt waren!

Da auch im Strafvollzug das Schreiben von Briefen limitiert war, beschränkte sich alles, was man mitteilen wollte, auf ein Blatt, aber immerhin war es jetzt schon Vorder- und Rückseite. Gern hätte ich jeden Tag einen Brief geschrieben, aber das erlaubte die Gefängnisordnung nicht. Langsam machte ich mir

Gedanken darüber, wann denn ein Besuch von meiner Familie möglich sei, aber hier war ich auf verlorenem Posten. Den ersten Sonntag, den ich dann im Vollzug war, den nutzte ich für einen ersten Brief nach Hause.

Das Mittagessen im großen Saal hasste ich, denn hier wurden die Neulinge von den „alten Hasen" so richtig vorgeführt. Diese Demütigungen musste man aushalten, um nicht noch mehr ins Fadenkreuz der „Tonangeber" zu geraten. Wenn es zum Beispiel Schnitzel gab, dann ging einer mit einer großen Aluminiumschüssel durch den Saal und langte in die Schüssel, um die Schnitzel zu verteilen. Das erste Mal, als die Reihe an mir war, ein Schnitzel zu bekommen, blickte mich der Kalfaktor an, tat so, als wollte er mir eines zuwerfen, doch plötzlich drehte er ab und warf es einem seiner vermutlichen Freunde zu. Ein anderes Mal ähnlich, aber dann ließ er sich herab, mir ein winziges Stück abzulassen.

Mit Heinz T. konnte ich mich am Abend vielmals unterhalten, denn die Zellen schloss man erst um 22 Uhr ab. Dann standen wir am vergitterten Fenster und sprachen über Themen, die uns gemeinsam bewegten. Als ich ihm von mir erzählte, sagte er: Du kommst bestimmt bald raus. So gern hätte ich es ihm geglaubt.

In diesen Tagen erlebte ich es auch einmal, dass während der Abendzeit draußen Häftlinge auf Freigang waren. Ich schaute zum Fenster hinaus und plötzlich stand Wolfgang Cäsar unter dem Fenster und wir konnten uns die Hände reichen.

Wieder hatte eine Woche begonnen und ich war froh, dass ich an meinem Arbeitsplatz etwas meine Gedanken zerstreuen konnte, immerhin machte das Buchen der Geldkonten von den Sträflingen Spaß, denn dabei erfuhr man so mancherlei über die Einsitzenden. Auf der Karteikarte war so einiges vom Straftäter vermerkt. An diesem Montagmorgen dachte ich auch wieder einmal daran, wie viel Geduld noch nötig wäre, bis es heißen würde: Ihre Entlassung steht bevor. Während ich so darüber nachsann, wurde unsere Bürotür aufgeschlossen, einer der Wachmänner trat ein und rief mit bärbeißiger Stimme: „Wer ist hier der Strafgefangene R.?“ Da meldete ich mich und sagte: „Ich bin der Gesuchte.“ Da herrschte er mich im lauten Ton an und sagte: „Raustreten und sofort Sachen packen!“ Vor Schreck rutschte mir das Herz in meine Hosentasche, es fing gewaltig an zu pochen und ich merkte, wie mir die Hitze zu Kopf stieg.

Meine Mitgefangenen verharrten eine kurze Weile in Schweigen, dann riefen sie nacheinander: „Jetzt geht’s los, jetzt geht’s los, du kommst nach dem Westen!“ Was in ihren Ausrufen für Gefühle mitbefördert wurden, ich war nicht mehr in der Lage, das zu realisieren. Im Nachhinein, wenn ich es mir überlege, wird es unsägliche Enttäuschung gewesen sein, Traurigkeit, Frustration, bestimmt auch Neid, grenzenlose Hoffnungslosigkeit, die meine Mithäftlinge bewegten. Ich war der Letzte, der gekommen war, und der, der schon die anderen wieder verlassen musste. Noch am letzten Freitag hatten die „Erfahrenen“ in unserem „Büro“ darüber orakelt, wer denn etwa infrage kommen könnte in Sachen Transport nach dem Westen. Doch für mich entstanden die Fragen: Was geschieht jetzt mit dir, stimmte das, was meine Kameraden geäußert hatten, begann jetzt möglicherweise das nächste Kapitel des „Herausreißens“? Der Wärter brachte mich in meine Zelle und gab mir zehn Minuten Zeit, mich transportfertig zu machen. Mir schlotterten meine Knie und meine Hände versagten mir den Dienst. Ich zitterte wie ein schwankes Rohr im Wind. Die Aufregung wollte sich nicht legen. Schon bald kam der Wachmann wieder und brachte mich in eine kahle Zelle, in dieser hockten bereits schon andere Häftlinge. Keiner gab einen Ton von sich, alle waren aufs Äußerste angespannt und hochgradig erregt. Was sollte mit uns tatsächlich geschehen? Nach einer längeren Wartezeit verbrachte man uns zu einem wartenden Gefangenentransporter. Der Lkw setzte sich in Bewegung und keiner hatte Ahnung, wohin die Fahrt ging.

Ich hatte einen günstigen Platz und konnte durch einen Schlitz ins Fahrerhaus blicken und darüber hinaus ein Stück Landschaft sehen. Nach kurzer Fahrt bogen wir auf die Autobahn ein, aber noch immer hatten wir keine Ahnung, welches unser Fahrtziel sei.

In meinem Kopf tobte ein wahrer Kampf. Der eine Gedanke war: Hatten meine Kameraden das Richtige gesagt mit dem Transport nach der Bundesrepublik oder wurden wir etwa in einen anderen Strafvollzug verlegt? So lange, wie ich darüber grübelte, ebenso lange hatte ich keine Antwort darauf. Irgendwann verlangsamte sich die Fahrgeschwindigkeit des Lkws, dann fuhren wir eine längere Kurve und als ich aus diesem Grunde wieder zum Schlitz hinausspähte, erkannte ich den Richtungsanzeiger, darauf zu lesen war Dresden und darunter Karl-Marx-Stadt.

Damit nahm die Prophezeiung meiner in Cottbus verbliebenen Kameraden Gestalt an. Ich dachte in dem Moment an die dort Zurückgelassenen und war wegen ihnen nachdenklich und traurig geworden. Aber sogleich winkte in der Ferne die Hoffnung auf Freiheit, eine Freiheit, die ich mir teuer erkauft hatte, indem ich mich zum einen dem Zwang des Hauptmanns gebeugt hatte, der zu den Verhören immer betont hatte, für Menschen wie mich sei in der DDR kein Platz mehr, und zum anderen dem Ersuchen der Bundesrepublik auf Auslieferung. Doch die Aussicht, bald nicht mehr „gesiebte Luft“ atmen zu müssen, drängte vorerst weitere Gedankengänge in den Hintergrund. Schließlich und letztendlich war mir durch den 91. Psalm ein Versprechen gegeben worden, das sich nun erfüllen würde. Hatte mich Gott in den dunkelsten Stunden, die ich bisher je erleben musste, nicht allein gelassen, weshalb sollte ich mich jetzt auf einmal fürchten? Dass es weiterhin eine aufregende Zeit geben würde, das erschien mir auf der Fahrt nach Karl-Marx-Stadt so gut wie sicher. Das begann schon damit, dass ich nicht wusste, ob meine Familie über diese Maßnahmen informiert worden war.

Nach ca. 2,5 Stunden Fahrt waren wir in dem Gefängnis von Karl-Marx-Stadt eingetroffen und unsere Unterbringung erfolgte in einem anderen Teil des Gefängnisses, der mir von meiner Inhaftierung her nicht bekannt war. Wir wurden zu fünft in eine Zelle gesperrt, die etwa 2,50 mal 4 und 3 Meter hoch war. Jetzt stand so gut wie fest: Dies waren die Abschiebezellen, bevor es nach „Drüben" ging, denn an den Wänden waren Mitteilungen von Vorgängern angebracht worden. Jene hatten das alles schon hinter sich, sie waren schon in der Bundesrepublik angekommen.

Die Atmosphäre unter uns fünfen war schon lockerer, weil wir wussten, das Grauen hat bald ein Ende für uns. Am 15.7. hatte man mich nach Cottbus transportiert, am 3.8. war ich bereits wieder hier. Die Wärter, die mich von vorher noch kannten, staunten nicht schlecht, als sie mich so bald wieder erblickten. Dem Leser sei gesagt, alle damaligen Häftlingstransporte, ob Freigekaufte oder Abgeschobene, starteten mit dem Bus aus dem Karl-Marx-Städter Gefängnis. In den darauffolgenden Tagen ging es sehr turbulent zu. Der Machtapparat demonstrierte nochmals Stärke und der Bürokratismus erlebte eine Konjunktur von nie geahntem Ausmaß. Alle diese Einzelheiten an Verwaltungsangelegenheiten erspare ich mir zu beschreiben. Unsere Zelle wäre auf Dauer zu einer Katastrophe für uns geworden, aber so bissen wir die Zähne aufeinander und machten uns auch noch lächerlich, wenn nach dem dritten Benutzer des WCs eine „Giftgaswolke" uns das Atmen erschwerte. An den Wänden waren Botschaften eingeritzt, die uns darüber aufklärten, wie viel Zeit noch vergehen müsse, bevor sich die Gefängnistore für uns öffneten. Aber das waren alles nur ungefähre Angaben. Während wir in dieser Zelle hausten, bemerkte ich, dass mich eine eitrige Angina befallen hatte. Mein Kopf war vom Fieber glühend heiß und ich fror wie ein Schneider. Nur nichts anmerken lassen, war die Parole, denn einen Tag bevor wir abgeschoben würden, stünde die Frage nach der Gesundheit und kranke Personen hatten keine Chance, mitzukommen. Ich erinnerte mich jetzt an ein Gespräch zwischen zwei Frauen, das ich einmal mitanhörte, als ich noch in Freiheit war. Sie unterhielten sich über Angina und hatten gute Heilungserfolge erzielt, indem sie mit ihrem eigenen Urin die Mundhöhle ausgespült hätten. Welche Entscheidung traf ich nun? Sagte ich den Wärtern von meiner Krankheit, müsste ich mit Sicherheit dableiben, das wollte ich unter allen Umständen vermeiden. Variante 2 war, mit meinem Urin gurgeln. Ich entschloss mich für die zweite Variante. Meine Zellengenossen, die übrigens alle jünger als ich waren, weihte ich in meinen Heilplan ein und begann mit der Therapie. Das brachte mir nicht unbedingt Sympathie ein, aber in dem Fall heiligte der Zweck die Mittel. Der Leser mag mir verzeihen, aber der Erfolg stellte sich am dritten Tag ein. Das Fieber wich, der Kopf war klarer und das Frieren war fast weg. Die Anspannung hatte ein Ende. Gerade zur rechten Zeit, denn schon am nächsten Tag erfolgte die Gesundheitskontrolle und es gab nichts zu beanstanden. Die Tage der Inhaftierung waren gezählt. Auch wenn man uns nichts an Informationen zukommen ließ, so bemerkten wir doch eine gewisse zunehmende Geschäftigkeit. Jeder wurde irgendwann am Tage zu bürokratischen Abläufen nach draußen geholt. Einer wegen der Zahlung zukünftiger Alimente, ein anderer wegen Erbangelegenheiten, ein dritter wegen Begleichung von Zahlungsverpflichtungen und so weiter. An einem der letzten Tage holte man uns in größeren Gruppen in einen geräumigeren Raum, dieser mutete wie ein primitives Kaufhaus an. Dort wurden wir aufgefordert, unsere restlichen Geldbestände, die sich noch auf unserem Häftlingskonto befanden, gänzlich durch den Kauf von Waren, die sich in diesem Pseudokaufhaus befanden, aufzubrauchen.

Das Warenangebot bestand zum überwiegenden Teil aus Erzeugnissen der Delikat- und Exquisitläden der DDR. Wie zum Spott mussten wir nun unser Geld, das wir durch Sträflingsarbeit verdient hatten, für überteuerte Waren ausgeben.

Das geringe Geld, das unser Sträflingslohn war, stand sowieso in keinem Verhältnis zu den Leistungen, die von den Häftlingen erbracht werden mussten. Unter normalen Umständen, das heißt, wenn ich nicht im Gefängnis hätte sein müssen, wäre dies ein Grund einer Beschwerde für mich gewesen. Aber in Anbetracht der Aussicht auf baldige Freilassung nahm man diesen Vorgang nur am Rande war. Was ich zum ersten Mal seit meiner Inhaftierung wieder sah, waren eine Menge „gleichgesinnter" Personen und dazu eine Menge von Mitarbeitern der Stasi. Unter den Mitarbeitern erkannte ich eine Person, sie wohnte in unmittelbarer Nähe meiner heimatlichen Gegend und war ebenfalls dort ansässig. Welch eine Erkenntnis, die mir plötzlich zuteil wurde. Der Mann hatte mich ebenfalls bemerkt und ich glaubte, seine Verlegenheit war nicht zu übersehen!

Weil man uns bisher im Unklaren gelassen hatte über den weiteren Verlauf unserer Freilassung bzw. Abschiebung nach dem Westen, erschöpfte sich unser Konto Geduld auch bald. Mit jedem zu Ende gehenden Tag erkannten wir die Erbärmlichkeit unserer Situation in unserer überbelegten Zelle mehr und mehr. Wenn da nicht das Licht am Ende des Tunnels schon so deutlich sichtbar gewesen wäre, die Aggressivität unter uns hätte von Tag zu Tag zugenommen. So trösteten wir uns mit Schabernack und Späßen.

Am Vormittag des 12. August 1987 erreichte die Nervosität der Bewacher ihren Höhepunkt, gleichzeitig stieg unsere Spannung auf „1000 Volt".

Kurz nach dem Mittag, wir dösten gerade wieder in unserer „Dunkelkammer" vor uns hin, da wurde es plötzlich hektisch und wir mussten vor der Zelle antreten und dann ging es in Kolonne wieder in einen größeren Raum. An mehreren Tischen saßen einige Stasi-Beamte und nach Namensnennung erhielt jeder seinen Entlassungsschein, den man nach eigenhändiger Unterschrift ausgehändigt bekam.

Damit war besiegelt: Es ging nicht wieder zurück in unsere fast finstere Zelle und es gab auch kein Zurück mehr ins normale, alltägliche, zivile Leben der DDR. Diese Zeit hatte ihr Ende gefunden. Was nun folgte, war die volle Aufregung, ein „Krimi" konnte nicht mehr an Spannung versprechen.

Nun händigte man uns die Dinge aus, die man bei der Festnahme mit ins Gefängnis gebracht hatte. Bei einigen war es ein ganzer Berg von Sachen, bei anderen ein Minimum an Gegenständen. Die tags zuvor käuflich erworbenen Waren kamen dazu. So dachte ich, klug gehandelt zu haben, indem ich mir von meinem Restgeld eine Reisetasche gekauft hatte. Als alle Handlungen abgeschlossen waren, wurden wir über mehrere Treppen und Korridore zu einem Ausgang gebracht und hier standen in einem Hof zwei Autobusse, zu meinem Erstaunen mit Kennzeichen der DDR versehen. Ich gelangte in den zweiten Bus und nahm auf einem Doppelsitz Platz, den ich auch für mich allein behielt. Bevor es zur Abfahrt kam, stieg Herr Dr. Vogel, der Unterhändler der DDR in Sachen Häftlingsfreikäufe und Agentenaustausch, zu uns in den Bus und hatte für jeden, der nun freiwillig oder unfreiwillig abgeschoben wurde, ein paar Worte übrig. Mir versprach er, dass meine Familie nachkommen dürfe, allerdings wisse er noch keinen Zeitpunkt. Bald darauf verließ er unseren Bus, dafür stieg ein Stasi-Beamter zu und nach ihm wurde die Tür des Busses von außen verschlossen. Wenn wir uns alle auf ihn gestürzt hätten, wäre er ein toter Mann gewesen, aber an Rache dachte wohl in diesem Moment keiner, der gerade im Begriff war, seine FREIHEIT wiederzuerlangen.

Auf Kommando setzten sich die beiden Busse in Bewegung. Die Fahrzeuge standen unter schwerer Bewachung, bis sie das Tor, das den Gefängniskomplex von der Außenwelt trennt, passiert hatten. Als letzter Stasi-Mann vor dem Tor stand einer meiner ehemaligen Bewacher mit der MP in der Hand. Als ich ihn gewahrte, erlaubte ich mir, wieder frei zu denken und dachte für mich: „Bleib du nur da stehen und halte Wache und sichere auch weiter den Aufbau des Sozialismus, mich wirst du hinfort nicht mehr demütigen können!"

Die Busse wurden von mehreren Fahrzeugen eskortiert, das heißt an der Spitze ein Stasi-Fahrzeug, zwischen den beiden Bussen ein weiterer Stasi-Pkw und am Ende nochmals ein Fahrzeug als Begleitschutz. Als Karl-Marx-Städter Bürger glaubte ich die Fahrtroute zu wissen, aber ich hatte mich getäuscht.

Auf dem allerschnellsten Wege sollte die Kolonne das Stadtgebiet verlassen, aus dem Grunde waren alle Kreuzungen, an denen sonst Ampelregelung war, durch Polizeiposten besetzt und diese regelten den Verkehr, bis unsere Kolonne vorüber war. Für uns war freie Fahrt garantiert. Nachdem mein Wissensdurst über den Ablauf dieses Unternehmens, was die Fahrt aus meiner Heimatstadt anbelangte, gestillt war, fiel es mir wie Schuppen von den Augen.

Was sich jetzt vollzog, war die Konsequenz des von mir unter Zwang gegebenen Ja zu dieser Abschiebung, die sich soeben ereignete. Während die Busse auf die Autobahn Dresden, Karl-Marx-Stadt, Eisenach einbogen und meine Heimat mit den mir bekannten Wegen und Stegen, Plätzen und Pfaden, an mir vorüberzog, wusste ich, es würde auf sehr lange Zeit sein, bevor ich jene Plätze der Erinnerung einmal wieder sehen könnte.

So gut, wie sich die wiedergewonnene Freiheit anfühlte, so zwiespältig nahm ich an der Fahrt teil. Als die Fahrt am Rabensteiner Wald mit seinem Aussichtspunkt Totenstein vorbeiführte, da überfiel mich eine Traurigkeit ohne Ende, lagen doch hier ein Teil der Wurzeln meiner Jugend und ersten Familienjahre. Viele Male, an warmen Sommertagen, genossen wir als junge Familie den Wald mit all seinen Überraschungen, die er für uns bereithielt. Unsere Buben erfreuten sich an den kleinen Bächlein, die den Wald durchzogen. Auf der Autobahn, die am Rande des Waldes verlief, erspähten wir dann und wann sogar ein Fahrzeug aus dem „Westen".

Jetzt war ich im Begriff, vorzeitig die Freiheit wiederzuerlangen, der ich so lange entgegengefiebert hatte. Jäh durchzuckte mich der Gedanke, ob von all diesen Handlungen, die gerade passierten, meine Familie Bescheid wusste oder geschah das alles ohne ihr Wissen und ich fuhr sprichwörtlich hinter ihrem Rücken auf und davon? Aufs Neue begann sich das mir schon bekannte Gedankenkarussell mit unerhörter Geschwindigkeit zu drehen und verunsicherte mich aufs Ärgste.

Ich dachte an Christine, an meine Jungs, an Vater und Mutter, an alle die Menschen, mit denen ich mich verbunden fühlte.

Plötzlich erinnerte ich mich an eine der Aussagen des Hauptmanns, der mir angedroht hatte, eine Wiedereinreise in die DDR wäre unter 15 Jahren nicht denkbar. So gab ich mich mehr und mehr der Traurigkeit hin und weinte in mich hinein Nicht nur mir ging es so, der von den Gefühlen übermannt wurde. Hier und da im Bus bemerkte ich solche Reaktionen. An Gesprächen hatte keiner Interesse, es wehte eine gespenstische Stille durch den Fahrgastraum!

Weil die Vielzahl der Ereignisse die ganze Aufmerksamkeit von mir, natürlich auch von den anderen, abverlangte, besann ich mich erst jetzt, nachdem sich der Bus immer mehr von meiner Heimat entfernte, auf den Psalm 91. Hatte Gott nicht bis hierher in einer Art und Weise zu seinem Wort gestanden, was mich ein ums andere Mal beschämte. Ich wollte IHM auch ferner Großes zutrauen, gerade an der Schwelle eines für mich neu beginnenden Lebens. Deshalb vertraute ich mich seiner Führung auch weiterhin an und packte dies alles in ein Gebet, was ich ab sofort wieder ohne Häme und Schmäh ausführen konnte, ohne dass die Wärter sich darüber belustigten.

Mit jedem Kilometer, den wir der innerdeutschen Grenze näher kamen, wurde ich gelassener und meine Traurigkeit wich einer tiefen Dankbarkeit, das „Herausreißen" hatte sich tatsächlich ereignet und nahm jetzt Kurs auf die Zielgerade. Bei aller Angst, allem Zweifel, aller Sorge, wie wir mit der neuen

Situation zurechtkämen, einen Neuanfang wagen zu müssen, durchströmte mich so nach und nach Ruhe und Frieden.

In der Zwischenzeit, während ich meinen Gedanken freien Lauf gelassen hatte, waren wir bis auf wenige Kilometer an die innerdeutsche Grenze, der weltfremdesten Einrichtung, die ein Volk trennte, herangekommen.

An einer eigens dafür vorgesehenen Stelle der Autobahn hielt der Konvoi an, die Tür des Busses wurde aufgeschlossen und der Stasi-Beamte verlies ohne Gruß das Fahrzeug. Was wird er wohl in diesem Falle gedacht haben, ob er selbst gern im Bus verblieben wäre oder war er einer der fanatischen Anhänger des kommunistischen Arbeiter- und Bauernstaates?

Nach kurzer Wartezeit setzten sich die beiden Busse wieder in Bewegung, Wartezeit deshalb, weil die Stasi-Beamten offensichtlich dem Grenzkontrollpunkt Wartha/Herleshausen Mitteilung gemacht hatten, dass die Busse mit den „abgeschobenen, freigekauften" Personen sich dem Grenzbereich näherten. Weil Wartha ein Transitübergang für Reisende aus der Bundesrepublik nach Berlin-West und umgekehrt war, hatte er eine beträchtliche Größe.

Oft hatte ich bei Besuchen der Wartburg/Eisenach vom Burghof aus die am Horizont verlaufende Autobahn Richtung „Westen" voller Interesse wahrgenommen, wenngleich mir da stets bewusst wurde, hier endete für uns die Bewegungsfreiheit, weil eben kurz vor Herleshausen die innerdeutsche Grenze von Nord nach Süd verlief und diese wurde strengstens bewacht. Die Soldaten der Nationalen Volksarmee der DDR, die hier zum Dienst verpflichtet waren, mussten von der Schusswaffe Gebrauch machen, sobald sie einen Menschen wahrnahmen, der die Grenzanlagen überwinden wollte, um so den anderen Teil Deutschlands zu erreichen, damit er zukünftig nicht mehr der Diktatur des Proletariats ausgesetzt sein musste. Viele der „Ausreißer" gelang diese Art der Flucht nicht und sie bezahlten das deshalb mit Schaden an Leib und Seele und letztendlich mit Gefängnis, einige sogar mit ihrem Leben.

Das war letztendlich auch der Grund, weshalb es zu meiner Inhaftierung gekommen war, weil ich eben gegen die innerdeutsche Grenze und gegen den Schießbefehl an Mauer und Stacheldraht meine Stimme erhoben hatte.

Jener Grenzsoldat, der von mir nach Hause gefahren wurde, war der Urheber all der Ungerechtigkeiten, die dann durch meine Gefangennahme durch die Stasi über mich hereinbrachen.

Doch jetzt saß ich im zweiten Bus, der zum Ziel das Übergangslager in Gießen hatte, und keiner konnte mich mehr daran hindern, der Freiheit im doppelten Sinne entgegenzustreben. Als die beiden Busse in den Grenzkontrollpunkt einfuhren, hatte man bereits eine Spur zur Durchfahrt freigegeben und ohne einen nochmaligen Halt passierten wir die innerdeutsche Grenze. Kurz darauf befanden wir uns auf dem Boden der Bundesrepublik Deutschland. Wenn die Busse am Gewicht der seelischen Last, die die Menschen, die jetzt nun tatsächlich wieder freie Bürger waren, gemessen worden wären, hätte das unweigerlich ein Fahrverbot wegen Überlastung zur Folge gehabt. Aber so konnte man beim Passieren der Grenze das Aufatmen der gequälten und gedemütigten Menschen spüren, die ihre kostbare Freiheit wiedererlangt hatten. Eine Freiheit, die der demokratische Rechtsstaat Deutschland dem Bürger zusicherte. An dieser Stelle sei auch an jene politischen Häftlinge in der DDR erinnert, die zu Tode gequält worden oder aus gesundheitlichen Gründen auf der Strecke geblieben sind!

Weil ich im zweiten Bus saß, war mir auch nicht entgangen, dass der erste Bus plötzlich ein bundesdeutsches, polizeiliches Kennzeichen vorwies!

Auf der einen Seite waren wir froh, dem kommunistischen Machtapparat entkommen zu sein, auf der anderen Seite stellten wir fest, dass mit uns Handel getrieben wurde, und dies auf hohem Niveau. Hatte sich die DDR stets über sogenannte Menschenhändlerringe, die für Geld Personen aus dem Osten nach dem Westen schleusten, aufgeregt, so betrieb sie diesen Menschenhandel selbst in großem Stil. Dank der Bundesrepublik Deutschland bekamen die so „freigekauften" Menschen eine Chance, das eigene Leben nach Gutdünken zu gestalten.

Auf bundesdeutscher Seite wurden wir am Grenzübergang Herleshausen von offizieller Seite in Empfang genommen und mit Sekt und einem Imbiss bewirtet. Dann ging die Fahrt weiter in Richtung Gießen. Gegen 21 Uhr trafen wir dort im Übergangslager ein. Hier erfuhren wir den Programmablauf für die nächsten Tage. Die Erlebnisse von der Abfahrt in Karl-Marx-Stadt bis zur Ankunft in Gießen hatten zumindest mein Aufnahmevermögen voll ausgereizt und ich hoffte, mich bald zum ersten Mal wieder in Freiheit schlafen legen zu können.

Mein Wunsch blieb vorerst unerfüllt, weil noch eine wichtige Angelegenheit auf Erfüllung drängte, nämlich per Telefon Kontakt mit meiner Familie aufzunehmen. Weil aber alle Businsassen den gleichen Wunsch hatten, zu telefonieren, entstanden vor den wenigen Fernsprechzellen mehrere „Schlangen". Aber darüber rastete niemand aus, weil man im Gefängnis das Warten auf die Freiheit oder auf einen Besuch oder Gelegenheit zum Briefeschreiben als Trainingsdisziplin absolvieren musste. Was war da schon das Warten auf ein Telefongespräch, das vielleicht noch eine Stunde dauerte. Erwähnenswert an dieser Stelle ist, dass Gespräche von West nach Ost viel schneller vermittelt wurden als in umgekehrter Richtung. Schließlich betrieb man auch vonseiten der Stasi einen größeren Aufwand, alle „Westgespräche" mit abhören zu können.

Als ich ca. 1 Uhr nachts, es war der 13. August 1987, endlich die Verbindung nach Karl-Marx-Stadt bekam, musste ich tief Luft holen aufgrund der Aufregung, die sich nun meiner bemächtigte. Das Rufzeichen ertönte, einmal, zweimal und noch mehrmals. Würden sie zu Hause um diese Zeit überhaupt an das Telefon gehen? Doch halt, plötzlich knackte es in der Leitung und meine Frau meldete sich! Ich rief sie bei ihrem Namen!

Es entstand ein kurzes Schweigen ihrerseits, dann fragte sie mich: „Harald wo bist du denn?“ Ich gab ihr zur Antwort: „Christine, ich bin in Freiheit!“

Dann verstummten meine weiteren Worte, weil das Würgen meiner Stimme nicht zu überhören war. Heute noch ist mir ihr Rufen, indem sie ständig meinen Namen nannte, in lebhafter Erinnerung und beschwört die erlittene Schmach, die uns, mir und meiner Familie zugefügt wurde, aufs Neue herauf!

Dennoch war diese erste Kontaktaufnahme zu meiner Familie, die endlich wieder in Freiheit geschehen durfte, von Dankbarkeit gegen Gott geprägt und ging nicht unter in Hassgefühlen gegen unsere Peiniger!

Die nächsten Tage im Übergangslager waren von organisatorischen und behördlichen Aktionen geprägt. Eine meiner dringlichsten Aufgaben sah ich darin, alle die Häftlinge, die mit mir aus politischen Gründen inhaftiert waren und auch mit mir in einer Zelle gesessen hatten, umgehend auf einer Liste mit Name und Adresse festzuhalten und den Behörden zugängig zu machen. Im Laufe meiner Inhaftierung war die Liste derer, die ich vor meinem Gott stets ausgebreitet hatte, immer umfangreicher geworden. Endlich konnte ich mich der Verantwortung des etwaigen Vergessens durch die Erstellung der Liste entziehen und den offiziellen Stellen überantworten.

Vergessen werde ich auch nicht, als mich Wilhelm und Hanna im Übergangslager in Gießen besuchten, wie froh und dankbar war ich, diese Lieben leibhaftig wiedersehen zu können.

An einem Abend waren wir Gäste des innerdeutschen Ministeriums. Dort wurden wir über die Hintergründe und Umstände unserer Freilassung informiert und mit einem Abendessen verwöhnt.

Als nach einigen Tagen alle Formalitäten in meiner Angelegenheit geklärt waren, durfte ich mir einmal neue Bekleidung von Kopf bis Fuß aussuchen und erhielt die Fahrkarte an meinen vorläufigen Zielort, der der Wohnort der Familie meiner

Schwester war. Dort wollte ich für mich und meine zu erwartende Familie eine neue Existenz versuchen zu gründen.

Beim Verlassen des Übergangslagers war mir bewusst, ab sofort würden neue Regeln der Lebensführung und Planung für mich gelten, da ich mich nicht mehr in einem kommunistisch regierten Land befand.

Meine ersten von mir selbst bestimmten Schritte führten zum Gießener Bahnhof, von wo aus ich die Fahrt zu meiner Schwester antreten wollte.

Auf dem Weg dahin war ich mit meiner neuen Reisetasche unterwegs, die ich beim Abverkauf der Stasi erworben hatte. Sie war gut gefüllt mit den Gaben des Übergangslagers und relativ schwer. Wie zum Hohn riss plötzlich einer der Henkel. Ich quittierte es mit einem ironischen Lächeln und sagte zu mir selbst: Das war nun wirklich die letzte Rache, die die Stasi an mir verüben konnte!

Während sich der Zug aus dem Gießener Hauptbahnhof entfernte und ich einem gänzlich neuen Leben entgegenstrebte, wurde mir bewusst, das „Herausreißen", wie es mir im 91. Psalm zugesagt worden war und woran ich fest geglaubt hatte, das hatte sich vorerst erfüllt!

Voller innerer Dankbarkeit gegen meinen Gott, der mich in den bisher dunkelsten Stunden und Tagen meines Lebens nicht im Stich gelassen hatte, sah ich nun nach vorn, um neue Herausforderungen anzunehmen in der Gewissheit, Gottes Treue würde sich nicht ändern!

Nach sechs Wochen zermürbender Wartezeit, nach fast täglich geführten Telefonaten kam Ende September 1987 die erlösende Nachricht von meinen Lieben, ihrer Ausreise zu mir stünde nichts mehr im Wege: Treffen übermorgen im Übergangslager Gießen ein, erreichen die Bundesrepublik Deutschland über den Eisenbahnübergang Oebisfelde. Selbstverständlich gab es für mich keine andere Überlegung, meine Familie würde ich unmittelbar am ersten Halt des Zuges auf bundesdeutschem Gebiet in Empfang nehmen. In den sechs Wochen hatte ich bereits eine Anstellung gefunden und dazu eine Wohnung als Provisorium. Mein erstes verdientes Geld hatte ich auch schon in der Tasche und so fuhr ich nach Arbeitsende mit dem Pkw, den ich von meinem Schwager auf Dauer erhalten hatte, nach Gießen. Von da wollte ich bis nach Wolfsburg mit dem Zug fahren, um dort die Meinen überraschen zu können.

In Richtung Gießen gab es mehrere Staus auf der Autobahn, sodass ich meinen geplanten Zug nicht mehr erreichen konnte. In Gießen angekommen eilte ich sofort auf den Bahnsteig, mein Zug stand noch da, weil er Verspätung hatte. Bevor ich das realisiert hatte, setzte sich der Zug in Bewegung und ich sprang auf, um mitfahren zu können. Aufgrund von dichtem Nebel bekam der Zug weiterhin Verspätung und ich erreichte in Hannover den Anschlusszug nach Wolfsburg nicht mehr.

Hier stand ich nun mit meinem Vorhaben, das gerade im Begriff zu scheitern war! Nach kurzer Überlegung ging ich auf den Bahnhofsvorplatz und erkundigte mich am Taxistand, wie viel eine Fahrt nach Wolfsburg koste. Etwa 120 DM, doch bei dem Nebel wollte keiner diese Fahrt ausführen, bis ich einem Fahrer meinen Plan verriet. Davon war er begeistert und wollte die Fahrt wagen. Ich saß „wie auf Kohlen", weil ich unvernünftig war und Geld in diese Fahrt investierte und zum anderen lief die Zeit davon, weil die Nebelfahrt anstrengend und langsam verlief. Doch wir kamen in Wolfsburg gerade noch rechtzeitig an, aufgrund meiner Mitteilungen bekam ich 25 DM erlassen, das war der Beitrag des Taxifahrers an mich. Ich hastete auf den Bahnsteig und war dem Ziel, meine Lieben wieder in die Arme schließen zu können nach fast einem Jahr, jetzt sehr, sehr nahe gekommen.

Der Wagenstandsanzeiger sagte aus, es sei ein langer Zug mit über 15 Wagen. Ich hatte bei unserem letzten Telefongespräch nicht verraten, dass ich in Wolfsburg auf sie warten würde. Jetzt war alles nur noch eine Wartezeit von Minuten. Der Zug sollte fast pünktlich kommen. Doch in welchem Wagen träfe ich auf sie? Ich wollte ja mit ihrem Zug zurück nach Hannover mitfahren.

Der Lautsprecher sagte die Ankunft des Zuges zur mitternächtlichen Stunde an. Dann rollte der Zug langsam in den Bahnhof ein, ich war aufs Äußerste erregt, wo würde ich sie finden? Jetzt kam der Zug mit kreischenden Bremsen zum Stehen. Das Zugfenster, unter dem ich stand, öffnete sich und heraus schaute meine Frau. Ich war sprachlos. Das Suchen nach den Meinen blieb mir erspart und innerhalb weniger Augenblicke lagen wir uns in den Armen! Nur gut, dass ich nie an Zufälle geglaubt hatte, dafür aber an Gott, der auch hier die Regie führte.

Die Wiedersehensfreude lässt sich in Worten nicht wiedergeben, wir lagen uns einfach in den Armen und vergaßen die Welt um uns herum. Sobald der Zug wieder rollte, erschienen die bundesdeutschen Grenzbeamten und kontrollierten die Pässe. Vor lauter Freude teilte ich an alle im Abteil und an die Grenzbeamten meine mitgebrachten Pralinen aus und spendierte zur Feier des Ereignisses den Sekt dazu.

Als mir beim Weggang in Gießen der Henkel meiner Tasche gerissen war, vermutete ich keine weiteren Akte der Gemeinheit vonseiten der Stasi, doch weit gefehlt. Eine weitere unfreundliche Maßnahme war die Tatsache, dass meine Familie nicht den direkten Weg der Ausreise über die Strecke Karl-Marx-Stadt, Leipzig, Frankfurt/Main, Gießen nehmen durfte, sondern die weitaus umständlichere Variante von Zwickau über Wolfsburg, Hannover, Kassel nach Frankfurt/Main und dann nach Gießen. Für die DDR eine weitere zusätzlich höhere Einnahmequelle, weil eben eine längere Strecke auch einen höheren Fahrpreis erforderte. Hinzu kam, dass die Weiterfahrt von Hannover mit einem IC hätte erfolgen müssen oder vier Stunden Aufenthalt, bis ein normaler Zug gefahren wäre. Weil aber Ausreisende ohne DM entlassen wurden, gab es nur die Variante 2: Aufenthalt von vier Stunden. Zum Glück war ich nun da, der ich den IC-Zuschlag bezahlen konnte. Wie ich von meiner Familie noch im Zug erfuhr, waren sie in Zwickau von einer beträchtlich großen Zahl von Freunden und Verwandten am Bahnsteig verabschiedet worden, keiner von denen konnte ahnen, dass das Trauerspiel der Trennung von Familien innerhalb Deutschlands wenige Jahre später durch die Einheit Deutschlands ein ENDE finden würde!

Meine Familie musste einen Tag in Gießen bleiben, während ich mit unserem jüngsten Sohn und dem größten Teil von 15 Koffern schon in unsere neue „Heimat" weiterfahren konnte. Wie war ich glücklich, dass unsere Familie wieder komplett war, allerdings sorgte ich mich weiterhin um meine alten Eltern, deren Ausreise in den „Westen" nach wie vor von den Behörden in der DDR verzögert wurde!

Was mir bisher davon bekannt geworden und was mir auch verborgen geblieben ist, worunter Menschen wegen meiner Inhaftierung durch die Machenschaften der Stasi leiden mussten – Angst hatten, bedroht wurden, ihr Selbstwertgefühl in den Schmutz gezogen wurde, sie physischer und psychischer Qualen ausgesetzt waren –, dafür beuge ich mich und bitte um Verzeihung für alle erlittene Schmach, die sie erdulden mussten!

Mit dem hier von mir Aufgeschriebenen verfolge ich ein Zweifaches: Schuld nicht vergessen zu machen, solange diese nicht zur Vergebung gebracht wurde, und Dank an Gott für seine Hilfe in schwerer Zeit!

Nachdem wir bis auf meine Eltern als Familie wieder vereint waren, orientierten wir uns an einem vielfach anderen Arbeits- und Lebensstil, dem wir so noch nicht begegnet waren.

Unser ältester Sohn fand von heute auf morgen einen Arbeitsplatz als Kfz-Mechaniker, unser mittlerer Sohn konnte seine Ausbildung als Elektroinstallateur weiter fortsetzen und der Jüngste fand ohne Probleme Anschluss an das für ihn neue Schulsystem.

Meine Frau bekam nach einiger Zeit Beschäftigung in ihrem Beruf als Kindergärtnerin. Wir begannen Fuß zu fassen und waren sehr glücklich, als Familie wieder gemeinsame Ziele ins Auge zu nehmen. Später konnten meine alten Eltern am Ende des Jahres 1988 endlich mit Sack und Pack aus der DDR zu uns übersiedeln. Ich war so froh, dass die Eltern nochmals für einige Jahre Freude an ihrem Leben haben durften, bevor sie Mitte der 90er-Jahre kurz hintereinander in hohem Alter verstarben.

Ich bewarb mich nochmals in meinem ursprünglichen Beruf, was 1989 zum Erfolg führte und mich auf Jahre hinaus als Servicetechniker erfreute und ich dabei eine gute Zeit hatte.

Mehrmals mussten wir umziehen, was stets wiederum mithilfe lieber Menschen geschehen konnte, weil wir bald Anschluss gefunden hatten in einer Süddeutschen Gemeinschaft ähnlich der Landeskirchlichen Gemeinschaft in Sachsen.

Trotzdem hatte die letzte Zeit ihre Spuren an allen Mitgliedern unserer Familie hinterlassen und so erkrankte meine liebe Frau an Leukämie, der sie nach 1,5 Jahren heimtückischer Krankheit im Jahre 1991 erlag. Für uns alle eine schwere Zeit, einen geliebten Menschen preisgeben zu müssen! Nur durch Gottes Nähe und Beistand waren wir in der Lage, diesen Umstand annehmen zu können. So blieb mir auch eine Menge an Informationen verborgen, die meine Frau in Bezug auf meine Inhaftierung mir gern noch weitergegeben hätte. Aber das Einleben in der Bundesrepublik und die spätere Krankheit von Christine verhinderten eine sofortige Aufarbeitung meiner bzw. unserer Vergangenheit in punkto Repressalien der Stasi!

In dieser Zeit erlebten wir auch die gewaltigen Geschehnisse um die Wiedererlangung der Einheit Deutschlands und damit das Ende der kommunistischen Herrschaft in der DDR. Wie oft saßen wir vor dem Fernsehgerät und „Gänsehaut" lief uns über den Rücken, wenn wir das Zeitgeschehen verfolgten. Die bis dahin erfolgten Verwandten- und Freundestreffen in der

CSSR oder in Ungarn, weil wir doch für die DDR keine Einreise mehr bekamen, entfielen ab sofort, als sich der „Zug deutsche Wiedervereinigung" in Bewegung setzte. Unser Haus, das wir gemeinsam zur Miete bewohnten, entpuppte sich nach Wegfall der Mauer und innerdeutschen Grenze oft als umfunktioniertes Hotel. Was waren wir froh, all die lieben Freunde und Verwandten so urplötzlich und ungehindert wiedersehen zu können.

Während der Zeit meiner Inhaftierung hätte keiner bestätigen wollen, dass die Existenz der DDR nur noch an einem seidenen Faden hing und die kommunistischen Machthaber samt ihrer Ideologien bald das Feld räumen mussten. Meine liebe Frau hat dies noch miterleben dürfen und sagte ein ums andere Mal: „Gott sei Dank!"

Was bruchstückhaft über die Begebenheiten an mein Ohr drang, mit denen meine Lieben während meiner Inhaftierung in Bedrängnis gerieten, sei an einigen Vorfällen noch hinzugefügt:

Meine Söhne hatten von da ab in der Schule darunter zu leiden, weil es bekannt war, der Vater sitzt im Gefängnis.

Meiner Familie war es ab sofort verboten, Mitteilungen an andere über meine Inhaftierung zu machen bzw. zu verbreiten. Vielmals standen Pkws von der Stasi vor dem Haus und beobachteten die ein und ausgehenden Personen. Meine Familie glaubte zu wissen, dass man sogar mit Richtmikrofonen Gespräche in unserer Wohnung belauschte Um Informationen nach außen zu transportieren, bediente sich meine Frau ihres Cousins, der ein Haus in der Nähe bewohnte. Dahin bestellte sie Personen unseres Vertrauens, um dort Gespräche unbeobachtet und ungehört führen zu können. Sobald meine Frau unser Haus verlassen hatte, um den Cousin aufzusuchen, setzte sich der vor dem Haus stehende Pkw mit in Bewegung. Um das Haus des Cousins zu erreichen, benutzte sie einen Parkweg, der von der Straße nicht einzusehen war. Wenn sie im

Hause ihres Cousin angekommen war, dauerte es nicht lange und der gleiche Pkw parkte ab sofort in unmittelbarer Nähe des von ihr betretenen Hauses. Um ungestört reden zu können, wurde von da ab im Haus jeder Wasserhahn, der verfügbar war, aufgedreht, um so genaueres Abhören von außen zu verhindern. Mein Dank gilt jedem, der sich der Gefahr ausgesetzt hat, um unserer Familie damals Unterstützung zu gewähren.

Der Kollegenkreis von meiner Frau verhielt sich ab sofort ihr gegenüber sehr reserviert bis auf wenige Ausnahmen, die ihre Solidarität trotzdem bekundeten.

Der Rechtsanwalt, der im Auftrag von Dr. Vogel, Berlin, auch für mich bzw. uns tätig geworden war, nahm mehr die Interessen der Mächtigen wahr. Ich behaupte dies, weil er meine Frau anlog, als sie bei ihm um Informationen über meinen Verbleib nachgefragt hatte, nachdem ich in den Strafvollzug verbracht worden war. Meine Frau musste ohne Gewissheit über meinen Aufenthalt wieder nach Hause gehen, da der Herr Rechtsanwalt in „fürsorglicher" Weise ihr zu verstehen gab, er wisse leider auch selbst gar nichts.

Erst durch meinen Telefonanruf aus Gießen erlangte meine Frau Kenntnis von den Geschehnissen. Bei einem erneuten Besuch beim Rechtsanwalt brachte meine Frau ihre Verärgerung zum Ausdruck über die Art und Weise, wie man versucht hatte, ihr die Wahrheit vorzuenthalten! Dort hätte der Rechtsanwalt in väterlicher Manier seinen Arm um die Schulter meiner Frau gelegt und zu ihr gesagt: „Frau R..., Frau R... Ich habe das doch alles gewusst, nur war mir verboten, Sie davon in Kenntnis zu setzen."

Inzwischen hat sich unsere Familie sehr vergrößert, alle meine Söhne sind verheiratet. Einer ging wieder dahin, von wo er 1987 die Ausreise mit seinen Brüdern und mit seiner Mutter angetreten hatte. Die anderen beiden sind in der neuen Heimat sesshaft geworden. Ich habe 2005 erneut geheiratet, und man glaubt es kaum, eine Frau aus der alten Heimat. Den Enkelkindern, die es zwischenzeitlich auch schon gibt, werde ich diese Erlebnisse noch mündlich weitergeben können. Einer weiteren Generation, sofern sie es will, bleibt es als „Geschichtsbuch“ erhalten.